Diethke Pauersperger Juli 2008
von Nico D.

Philipp Moog

Lebenslänglich

Philipp Moog

Lebenslänglich

Roman

DUMONT

Erste Auflage 2008

Umschlag: Zero, München
Gesetzt aus der Haarlemmer
Gedruckt auf säurefreiem und chlorfrei gebleichtem Papier
Druck und Verarbeitung: Clausen & Bosse, Leck
Printed in Germany

ISBN 978-3-8321-8075-1

Erfolg durch Schönheit
ist die schleichendste aller Krankheiten.

Ich bin mir nicht sicher, ob er etwas sagen wollte oder ob er darauf wartete, dass ich ihm eine Antwort gab. Aber ich meine, die unbehagliche Gesprächspause veranlasste mich, stehen zu bleiben. Oder war es sein Blick, den ich von der Seite spürte? Er blieb jetzt ebenfalls stehen und sah mir geradewegs ins Gesicht.

Ich muss zugeben, dass das, was ich ihm nun verabreichte, nicht mehr als Schubser durchgehen kann.

Seltsamerweise schien er überhaupt nicht erstaunt zu sein über das, was mit ihm geschah. Im Laufe der letzten Tage habe ich mich mit mir selbst darauf geeinigt, dass in seinem Gesicht keine Überraschung zu erkennen war … Aber ein Lächeln.

Vielleicht hielt er es für einen Scherz? Ein freundlicher Knuffer? Die knapp zehn Meter brachte er jedenfalls im freien Fall hinter sich.

So einfach geht das. So leicht. Ich war überrascht! Falls er die Gelegenheit genutzt hat, *mein* Gesicht zu studieren, hätte ihm auffallen müssen, dass *ich* überrascht war.

Hat er deshalb gelächelt?

Beim Aufprall auf dem schmalen Kiesbett hatte er Glück im Unglück: Er überlebte, weil er mit dem Hinterkopf auf seinen rechten Fuß aufschlug. Ich blickte über die grasbewachsene Kante zu ihm hinunter: Er bewegte sich nicht.

Durch die ungünstige Position sah sein Körper seltsam klein und gedrungen aus. Sein linkes Bein musste auch gebrochen sein. Es war nach vorne ausgestreckt und am Knie in die verkehrte Richtung nach oben abgewinkelt. Wie eine achtlos weggeworfene Puppe. Wahrscheinlich war der Unglücksvogel mit den Füßen zuerst aufgekommen.

Als ich bemerkte, dass er blinzelte, wusste ich, dass ich mir die Mühe machen musste, einen Weg die Böschung hinunter zu suchen. Mir blieb nichts anderes übrig, als ein ganzes Stück flussaufwärts zu laufen. Dort war die steile Böschung durch einen Erdrutsch unterbrochen, und ich fand – mehr rutschend als kletternd – einen Weg hinab zum Kiesbett.

Für den trockenen Sommer hatte die Isar einen beachtlich hohen Wasserstand. Deshalb musste ich mich – auf dem Weg zurück zu ihm – ganz nah am Rand der Böschung halten, damit meine handgenähten Lederschuhe nicht nass wurden.

Er blickte in meine Richtung.

Ich stellte mir vor, wie er mich wohl auf sich zukommen sah: Den Blickwinkel um neunzig Grad gedreht, ähnlich einer dieser ambitionierten Kameraeinstellungen im Film, die suggerieren sollen, dass etwas aus dem Lot geraten ist. Wie passend.

Er sieht einen nicht mehr ganz jungen, kleinen, moppeligen Mann von Stein zu Stein auf sich zuhüpfen – ohne große Eile und sehr bedacht, sich nicht nass zu machen.

Vielleicht hat ihn dieser amüsante Anblick zu dem Irrglauben verleitet, dass das alles irgendwie nicht wirklich passiert war, eine vorübergehende Situation, unbequem, aber gleich vorbei. Ein Spiel, dessen lustige Auflösung ich ihm jetzt gleich präsentieren würde.

Nirgends war Blut zu sehen. Sein in aberwitziger Position

quasi gefalteter Körper lag reglos auf den grauweißen Flusskieseln, der rechte Arm hing zur Hälfte im Wasser.

Ich wandte mich ihm so zu, dass er mir bequem ins Gesicht blicken konnte. Dann beugte ich mich zu ihm hinab. Ein Auge war nur halb geöffnet. Irgendein Mechanismus, der für die Schließfunktion der Lider zuständig war, musste durch den Aufprall in Mitleidenschaft gezogen worden sein. Um seine Augenwinkel verästelten sich die ersten Krähenfüße. Zweitagebart. Volles Haar. Brünett. Ein paar sinnlose, blonde Strähnchen. Schmale Lippen. Die untere etwas voller als die obere, was ihm einen leicht derben Gesichtsausdruck verlieh. So genau hatte ich ihn eigentlich noch nie betrachtet.

Aus der Brusttasche seines Jacketts lugte ein Einstecktuch hervor, das wohl zu seiner Krawatte passen sollte. Ich zog es heraus und faltete es auseinander, und da machte er ein Geräusch. Als wolle er protestieren. Als sei es ihm nicht recht, dass ich das Einstecktuch stibitze. Ich ignorierte seinen Einwand, richtete mich wieder auf und machte mich auf die Suche. Schon bald wurde ich fündig: ein Stein, so groß wie eine kleine Honigmelone. Ich legte das Einstecktuch darüber und hob ihn vorsichtig hoch. Er hinterließ ein halbrundes Loch im Kiesbett, das langsam voll Wasser lief.

Früher habe ich oft mit den Nachbarjungs am Ufer der Isar gespielt. Wir fuhren mit den Bonanzarädern zu den Isarauen und verbrachten Stunden damit, flache Steine zu suchen, um sie dann so zu werfen, dass sie wie kleine silberne Fische über die Wasseroberfläche hüpften.

Mir ist das nie gelungen. Nicht ein einziges Mal. Unzählige Versuche brachten kein Ergebnis. Die anderen machten es mir unendlich oft vor. Vergeblich. Wenn wir abends nach

Hause radelten, tat mir der rechte Arm weh, und er schien ein paar Zentimeter länger geworden zu sein. Ich fühlte mich schrecklich.

Auch auf die Gefahr hin, dass ihn das erschrecken würde, schlug ich von hinten zu. Somit war das Letzte, was er sah, die Isar, mit ihrem erst vor kurzem wieder rekonstruierten, natürlichen, wilden Flusslauf.

8. Juli

Heute Morgen habe ich mich nackt vor dem Spiegel ertappt.

Ich sehe aus wie ein Schwein. Die roten Haare. Draußen herrscht eine sommerliche Durchschnittstemperatur von 27 Grad im Schatten. Seit drei Wochen! Und ich bin natürlich noch immer weiß. Rosa. Der kleine Pimmel baumelt da unten rum, fast ganz versteckt zwischen den hellorangen Schamhaaren. Von der Seite wird es nicht besser. Wenn ich den Bauch einziehe, tut sich überhaupt nichts. Dafür bekomme ich jetzt Haare auf den Schultern.

Dann fange ich an zu weinen, und das schaue ich mir im Spiegel an. Ich gehe ganz nah ran und betrachte meine vom Heulen geröteten Augen. Die Tränen kullern über meine Wangen und irgendwie finde ich Gefallen daran. Ich bade mich in meiner Heulerei. Immer mehr salziges Wasser läuft aus den beiden kleinen Drüsen in meinen unteren Augenlidern. Warum eigentlich. Warum ist Trauer so eine feuchte Angelegenheit?

10. Juli

Heute hat mir Marlene rote Grütze mitgebracht. In einer grünen Tupperware-Dose! Sie ist extra schon um acht gekommen und hat sie mir auf den Schalter gestellt. Als Überraschung. Als ich die Scheine einsortiere, zwängt sie sich zu mir in den Kassenraum und blickt mich so lange erwartungsvoll an, bis mir nichts anderes übrig bleibt, als mich mit einem schlecht gespielten Überwältigtsein aus der Situation zu retten.

Marlene riecht nach Schweiß. Und es ist erst kurz vor halb neun. Ich bedanke mich artig, und als ich ahne, dass sie mir die Wange für ein Dankeschönküsschen hinhalten möchte, flüchte ich mich mit gespielter Schüchternheit in mein Münzgeld, damit sie endlich wieder geht. Die anderen schauen nämlich schon.

Dann fällt mir ein, dass Schüchternheit bei Männern so manche Frau in ihrer Zielstrebigkeit noch bestärken kann. In irgendeiner Weise mit Marlene in erotischen Zusammenhang gebracht zu werden ist das Letzte, was ich gebrauchen kann.

Und schon tritt Yvonne auf den Plan. Gerade als Marlene die Tür geschlossen hat, passiert sie meinen mit Panzerglas gesicherten Schalter.

Irgendetwas ist heute anders an ihr. Aber sie trägt ihr Haar wie so oft: Seitenscheitel. Kurzer frecher Schnitt. Asymmetrisch. Ein paar Strähnen hängen immer über ihr rechtes Auge und wackeln dann mit den Wimpern mit, wenn sie blinzelt. Sie ist auch nicht anders geschminkt als sonst. Durch den Geldausgabeschlitz weht eine Ahnung von *Shalimar* zu mir herein. Ihre kurze Lederjacke kenne ich, sogar ihre Jeans. Alles vertraut, alles wie gewohnt, und trotzdem ist irgendetwas anders.

Ihr Gang vielleicht …?

Ich kann zwar nichts hören, aber ich weiß, dass Thannhuber und Brunner plötzlich eine Oktave tiefer sprechen, als sie jetzt neben ihnen am Schalter Platz nimmt.

Ich lasse mich auf meinen Sessel sinken und öffne den obersten Knopf meiner Hose. Es ist jetzt genau 8.30 Uhr.

Yvonnes *Shalimar* hat den unfairen Kampf gegen Marlenes Schweißdunst verloren.

Ich beuge mich zum Geldausgabeschlitz, aber die Duftquelle ist bereits versiegt.

Einem schönen Menschen öffnen sich die Türen. Auch wenn das Empfinden von Schönheit die wohl subjektivste aller Wahrnehmungen ist und infolge der riesigen Palette an Definitionen von Schönheit ebenso viele Personen (zu Recht oder Unrecht) in dieses Haus einziehen dürfen: Ich gehöre nicht dazu. Und daran lässt sich auch nichts ändern. Egal, ob ich die Ebenmäßigkeit eines Gesichts, das Gleiten eines Handrückens, die Anmut einer Kopfdrehung, die überwältigende Selbstverständlichkeit eines ehrlichen Lächelns erkennen und bewundern kann: Mir bleibt der Zutritt zu diesem Haus verwehrt.

Brunner zieht jetzt sein Sakko aus, und wie zufällig rutscht dabei sein knappes Hemd aus der Hose. Jaja. Flacher Bauch. Solarium. Yvonne sieht es trotzdem nicht.

Marlene kommt vom Eingang zurück. Sie hat aufgesperrt. Sie lässt den Schlüsselbund um ihren Zeigefinger kreisen, als sie mir im Vorbeigehen zulächelt.

Ein ungepflegter Alternativer um die dreißig lädt einen Beutel Kleingeld vor dem Schalter ab. Ein Geruch nach Talg und Schaf unterstreicht sein äußeres Erscheinungsbild.

Während die Münzgeld-Zählmaschine rattert und ich die maschinell selektierten Fremdkörper aus dem Hippie-Ersparten (zwei Heftklammern, ein Fünf-Schilling-Stück und einen Trachtenknopf) durch die Geldausgabe zurückschiebe, weiß ich plötzlich, warum Yvonne heute anders ist: Sie ist verliebt.

Ich habe mir heute die Haare gefärbt. Selbst.

Aus der Ferne höre ich die Kirchturmglocken läuten.

Seit fast elf Jahren wohne ich jetzt in diesem Apartment. Und das vertraute Schlagen der Kirchenuhr gehört zu meiner Wohnung wie das Mobiliar. Jede Viertelstunde rahmt sie mein Leben ein, hält es wie ein Metronom im Takt. Trotzdem kenne ich nur den Klang der Glocke, ich habe mir nie die Mühe gemacht, herauszufinden, wo die Kirche steht.

Ich entsorge die Plastikeinweghandschuhe im Abfalleimer und reinige das Waschbecken. Dann werfe ich einen erneuten Blick auf die Verpackung des Haarfärbesets. Dunkelblond wird hier versprochen und das Photomodell auf dem Karton kann das bestätigen.

Erst jetzt wage ich einen Blick in den Spiegel:

Ein Farbenblinder würde das Resultat mit einigem Wohlwollen als aschblond durchgehen lassen, aber ich ahne mit Schrecken, dass Dunkelblond und Rot eine eigenwillige Liaison eingegangen sind: Ein leichter Grünton ist nicht zu leugnen. Der Föhn macht daraus hellgrün-blond, und damit muss ich mich abfinden, denn wir haben heute Sonntag.

Ein mittelmäßiger Krimi im Fernsehen. Der Kommissar kann nicht über die Tatsache hinwegspielen, dass er nicht an die Geschichte glaubt, die er darzustellen hat. Ich zappe zu einer älteren Hausfrau, die ihre schlaffen Dienste oben ohne einer Zielgruppenminderheit anbietet. *Viva. MTV. ntv:* Alte Nachrichten vom Vormittag. Dann mache ich aus.

Mein T-Shirt ist voller Chips-Krümel. Ich entscheide mich, sie nicht abzuklopfen, weil ich ja irgendwann sowieso aufstehen muss. So sitze ich da.

Wenn ich morgen mit einer Diät anfange – nur Gemüsesäfte und Zwieback –, bin ich in zehn Tagen drei Kilo los.

In fünfzehn Tagen sieben.

Der Kühlschrank springt an. Surrt. Jetzt erst bemerke ich, wie still es vorher war.

... Sonst nichts. Irgendeine Klimaanlage brummt von draußen durchs gekippte Fenster herein.

›Wilder Harem 2‹ oder ›Baby-Doll in der Unterwelt‹?

Ich beginne mich zu reiben. Eine ganze Weile. Und als sich nichts tut, schiebe ich mich aus dem Sessel.

Ich fange die meisten Chips-Krümel auf und säubere meine Hände über der leeren Knabber-Schale, dann gehe ich ans Regal, entscheide mich spontan für meine ›Knast-Schlampen‹ und schiebe die DVD in das Gerät.

Ich mache es mir wieder im Sessel bequem. Den Vorspann mit den falschen Namen spule ich mit der Fernbedienung vor. Die Verhörszene und die Duschsequenz kann ich nicht mehr sehen. Im Fast-Forward-Modus gelange ich zu dem Teil in der Doppelzelle, zu dem ich bis jetzt noch nie vorgedrungen bin.

Ich drücke auf Pause, rupfe zwei Tücher aus der Kleenex-Schachtel neben mir und lege sie mir auf den Bauch, nachdem ich mein T-Shirt etwas hochgezogen habe. Play. Die Gefängnisaufseherin kommt den Gang entlang auf die Zelle zu, in der die blonde Heldin und ihre schwarze Leidensgenossin ihr Dasein fristen. Die Aufseherin lässt ihren Schlagstock lässig an den Gitterstäben entlangrattern. Als sie an der Zelle der beiden Protagonistinnen angelangt ist, sagt sie etwas Strenges, das ich aber nicht höre, weil ich immer den Ton wegdrehe. Die Aufseherin zieht nun einen Schlüssel hervor und öffnet das Schloss der Zelle.

Die weiße und die schwarze Frau werden jetzt offenbar mittels Staatsgewalt dazu genötigt, eine Leibesvisitation über sich ergehen zu lassen. Ich nehme an dieser empörenden Szene teil und kleckere meine Meinung auf das doppelt gelagerte Kleenextuch.

Sofort ist der Spaß vorbei. Film aus.

Beim Zähneputzen versuche ich, nicht in den Spiegel zu schauen. Vielleicht kann ich mit Gel noch etwas retten?

Ich ziehe meine Schlafcouch aus. Dann gehen meine grünen Haare und ich ins Bett.

Heute Nacht habe ich von meiner eigenen Beerdigung geträumt. Ich liege in einem offenen Sarg im Grab und blicke nach oben. Der rechteckige Ausschnitt im Boden über mir zeichnet sich scharf gegen den strahlend blauen Himmel ab. Und dann schiebt sich langsam ein Kopf ins Bild.

Jemand, der mich ansieht. Ich erkenne mein eigenes Gesicht.

Ich blicke zu mir selbst hoch. Zu meinem einzigen Trauergast.

Ich sehe, wie ich nach dem kleinen Schäufelchen greife und etwas Erde zu mir ins Grab hinunterwerfe.

Erde zu Erde. Dann noch mal. Und noch mal. Immer wieder.

Der Vorgang wiederholt sich so oft, bis mich die Stimme des Sieben-Uhr-Nachrichten-Sprechers aus dieser unangenehmen Situation befreit.

Als ich vor der Bank aus der Tram steige, entdecke ich auf der anderen Straßenseite Yvonne.

Das ist aber nicht ihr Auto!

Sie wirft die Beifahrertür des BMW beschwingt zu und geht um den Wagen herum. Das Fenster auf der Fahrerseite wird elektrisch heruntergelassen und sie beugt sich in den Wagen hinein. Sie küsst den Fahrer. Lange. Und jetzt erscheint tatsächlich eine Hand, schiebt sich aus dem Fenster und greift ihr zur Bekräftigung an den Po!

Ich wende mich ab und gehe schnurstracks auf die Bank zu, als ich plötzlich das entsetzliche Kreischen bremsender Reifen hinter mir höre. Ich warte auf den unvermeidlichen

Aufprall, aber das Quietschen erstirbt abrupt und etwas tippt mich zum Abschluss in die linke Kniekehle.

Es riecht nach verbranntem Gummi. Ich drehe mich langsam um und starre durch die Windschutzscheibe eines Lieferwagens in das wutverzerrte Gesicht eines Handwerkers. Mit der Stoßstange auf Tuchfühlung.

Der ganze Platz gafft jetzt zu mir herüber. Yvonne hält sich noch geschockt die Hand vor den Mund, und sogar ihr neuer Stecher ist aus seinem BMW gesprungen.

Yvonne ruft mir etwas zu, das ich nicht verstehe, weil der Handwerker mich – durch das inzwischen heruntergekurbelte Seitenfenster – anbrüllt.

Ich flüchte mit hochrotem Kopf auf Yvonnes Straßenseite und versichere ihr – um Lässigkeit bemüht –, dass mir nichts passiert sei. Sie ist ehrlich erleichtert, obgleich es ihr nicht gelingt, eine kleine Irritation über meine neue Haarfarbe zu verbergen. Ich bin aber durch die körpernahe Intensivdosis *Shalimar* hinreichend sediert, um dem anklopfenden Schamgefühl keine Chance zu lassen, sich in Form eines neuerlichen Röteschwalls auf meinem Gesicht breitzumachen.

Yvonnes Mund ist eigentlich zu groß und ihr Lachen eigentlich zu breit. Und eigentlich hat sie einen mini-unsichtbarpuscheligen Flaum über der Oberlippe.

Der Neue verabschiedet sich von Yvonne mit einem Kuss auf ihren Hals und springt in seinen Wagen, ohne weiter von mir Notiz zu nehmen. Deutlicher kann er mir gar nicht signalisieren, dass er mich nicht im Entferntesten als Konkurrenten eingestuft hat.

Der BMW braust davon, Yvonne winkt ihm noch kurz

nach (ich meine *ziemlich* kurz!), und dann gehen wir beide auf den Eingang der Bank zu, genau in dem Moment, als Marlene den Schlüssel im Schloss umdreht und uns die Eingangstür zur Filiale öffnet.

Während ich die Scheine sortiere, lasse ich unauffällig meinen Blick durch den Schalterraum gleiten.

Brunner hat heute im Kostümbereich danebengegriffen. Die Cordhose (im Juli) und das Seidenhemd wollen sich nicht vertragen, und Brunners Gesichtsausdruck wird den Rest des Arbeitstages für diesen Fauxpas geradestehen müssen.

Jetzt bemerke ich, dass Daphne die Bank betreten hat. Mit Sonnenbrille! Sie hat sich für dunkelgrau entschieden, ein Kompromiss, den ich durchgehen lasse.

Augenblicklich erstirbt jedes Gespräch. Alle blicken zu (oder nicht zu) ihr. Sie steuert auf ihren Platz zu, nimmt die Sonnenbrille ab (das hat etwas Inszeniertes, tut mir leid) und arrangiert ihre Siebensachen. Aus gegebenem Anlass hatte sie sich vierzehn Tage freigenommen. Natürlich bei Lohnfortzahlung.

Eine ältere Frau klopft mich in meinen Dienst. Sie schiebt mir ihr Sparbuch durch die Geldausgabe entgegen und möchte 470 Euro darauf einzahlen.

Mein Gott, es gibt sie immer noch, diese antiquierten Sparbücher! Ich blättere kurz auf den ersten Eintrag zurück.

1967 hat sie angefangen für etwas zu sparen, und als mein Blick sie flüchtig durch die Scheibe streift, ist mir klar, dass sie wahrscheinlich nicht die Nutznießerin ihrer Spareinlagen sein wird. Auf jeden Fall erhöht sich ihr Haben durch die heutige Einzahlung auf 57.563 Euro und 72 Cent.

Ich schiebe das antike Sparbuch in den Drucker und fühle mich dabei irgendwie unwohl, weil ich dem Blick der alten Frau das unausgesprochene Unverständnis darüber entnehme, dass Sparbücher heute nicht mehr per Hand geführt werden.

Obwohl ihr Gesicht ausschließlich aus Falten besteht und keine Zukunft hat, sind die schmalen Lippen mit einem dunklen Lippenstift übermalt, und das gibt ihrem Antlitz einen Halt. Und Hoffnung. Dann ein Lächeln, das ich nicht als Mitleid mir gegenüber interpretiere.

Sie nimmt ihr Sparbuch mit dem maschinellen Eintrag wieder an sich, dann sagt sie »Guten Tag« und geht.

Was für ein Tag!

Ich sortiere die vier Hunderter, den Fünfziger und den Zwanziger ein und mein Blick fällt wieder auf Daphne. Sie steht – eng umschlungen von Yvonne – hinter ihrem Schalter und weint. Yvonne streicht Daphne die langen blonden Haare aus dem Gesicht und sagt ihr etwas, um sie zu beruhigen, dann nickt Daphne und versucht ein Lächeln.

Marlene bringt ihr einen Kaffee. Sie stellt ihn vor Daphnes Schalter ab und blickt zu mir.

Die Tupperware-Dose! Ich habe sie zu Hause vergessen. Am dritten Tag habe ich die rote Grütze ins Klo gekippt. Ich mag rote Grütze eigentlich, aber die körperliche Abneigung, die ich Marlene gegenüber hege, hat meinen grundsätzlichen Appetit schon bei der Übergabe ihres Geschenks zum Erliegen gebracht.

Da ich mir nicht sicher bin, wie Marlenes Blick gemeint sein könnte, erwidere ich ihn, durch meine Scheibe hindurch, in Form eines nickenden, wissenden Lächelns.

15. Juli

Gestern habe ich eine Postkarte von meinem Cousin Alexander bekommen. Aus Ägypten. Irgendein Hotel-Resort ist darauf abgebildet, das heißt, er hat für die Karte bestimmt kein Geld ausgegeben. Eine Werbekarte der Anlage. Er ist dort mit seiner Familie – erfahre ich –, die sich mittlerweile auf sechs Personen erweitert hat. Trotz des geringen Platzangebots auf der Postkarte gelingt es ihm, über jedes seiner Kinder ein paar Sätze zu verlieren und auf deren diverse Begabungen hinzuweisen. Auch seine Frau, die Zuchtstute, wird mit lobenden Worten bedacht. Eine Drei-Zimmer-Superior-Suite hat man bewohnt. Ich wende die Karte und entdecke auf der Abbildung des Hotelbunkers in Höhe der 1. Etage das obligatorische Kreuzchen.

Ich habe die Postkarte heute mit in die Bank genommen.

Ein Streifen Tesa, und ich klebe sie von innen an mein Panzerglas und blockiere damit den direkten Blickkontakt zu Daphne.

Zwei Wochen ist das jetzt her: Da haben sie ihren Hermann bei Unterföhring vor einem Auffanggitter aus dem Isarkanal gefischt, nachdem er dort schon ein paar Tage unter Wasser gehangen hatte. Daphne bekam von mir auch gleich eine persönliche Beileidskarte geschickt (für die sie sich bis heute nicht bedankt hat!).

Ich luge vorsichtig über das ägyptische Familienparadies hinweg und ertappe sie in einem gedankenversunkenen Moment. Den Stift hält sie in der Hand, die Mine ruht auf einem Überweisungsformular. Sie muss während des Schreibens innegehalten haben. Thannhuber lacht irgendwo laut auf, und das holt sie in die Bank zurück und mich in die Mittagspause.

Marlene sperrt die Eingangstür zu, sie sucht meinen Blick, aber ich weiche aus, ich bleibe hier.

Die Belegschaft verteilt sich jetzt – je nach Einkommenssituation – auf die umliegenden Bistros, Schnellimbisse oder sitzt für eine knappe Stunde im Aufenthaltsraum im Souterrain und stochert bei Neonlicht im Mitgebrachten.

Alles ist jetzt ruhig in der Filiale. Draußen eilt das Leben vorbei, nimmt keine Rücksicht auf die Mittagszeit.

Ich lasse einen fahren.

Dann hole ich mein Mettwurstbrötchen hervor, ziehe es aus der Folie. Die welke Gurkenscheibe werfe ich in den Papierkorb. Dazu Cola light und danach eine Tafel Schokolade. Trauben-Nuss.

Es ist kein Verdienst, schön zu sein. Es ist ein Geschenk, verabreicht von jemandem, der eine diebische Freude daran haben muss, kein System in seinem Walten erkennen zu lassen und keine Gerechtigkeit.

Wenn ich an meinen Vater denke – der war ein Mensch, an dem man vorbeigeht. Keine Konturen. Nicht schön. Einfach unbedeutend. Bis auf seinen Gesang. Singen konnte er. Aber selbst aus dieser Begabung ist nichts von Bedeutung hervorgegangen.

Wie schafft es ein Mensch, sich mit seiner Bedeutungslosigkeit abzufinden, oder schlimmer: sie zu seiner Lebensmaxime zu machen? Resignation ist mir als Antwort darauf zu naheliegend.

Ich habe gestern aus einem Magazin erfahren, dass ein 112-jähriger Mann aus Detmold endlich dem Ruf des Herrn gefolgt ist. Eine Begebenheit, die unversehens einen 111-Jährigen aus einem Ort nahe Tokio zum dienstältesten Schädling auf unserer Erdkugel beförderte. Auf die obligatorische Frage, was denn sein Geheimrezept gewesen sei, das ihn so alt habe werden lassen, enttäuschte der Greis aus Detmold zu Lebzeiten mit der Antwort, ein ausgeglichenes Leben habe er geführt, ohne Tiefen, aber auch ohne Höhen. Will sagen: Seine Bedeutungslosigkeit hat ihm ein langes Leben beschert. Vielleicht waren die vielen Jahre ja auch als Strafe gedacht, die er aber als solche nicht erkannt hat, weil er sich wahrscheinlich zu unbedeutend fand, um vom Schicksal überhaupt wahrgenommen zu werden. Oder aber Fortuna hat versucht, ihm durch diesen immensen Zeitaufschub die Gelegenheit zu geben, doch noch Bedeutung in sein eintöniges Dasein zu bringen, und hat dann irgendwann aufgegeben, um wenigstens dem betagten Japaner bei Tokio die Chance für einen konturenreichen Abgang zu verschaffen.

Der Schokoriegel schmilzt in meinem Mund. Langsam trennen sich die Haselnussstückchen und die Rosinen von der süßen Masse. Mit einem Schluck Cola light ist der Schokoladenanteil hinuntergespült. Langsam zerkaue ich nun die Nussfragmente. Dann konzentriere ich mich ganz auf die Rosinen. Erst jetzt, unter meiner ungeteilten Aufmerksamkeit, entfalten sie ihr typisches Aroma. Es klopft an meine Scheibe. Ich springe auf – als wäre Schokolade essen verboten – und lasse den letzten Riegel in meiner Mappe verschwinden. Dann erst drehe ich mich um und blicke in das Gesicht von Yvonne. Sie steht an der Geldausgabe und winkt mir mit einer konspirativen kleinen Handbewegung zu. Ich trete an die Scheibe heran und bemerke, dass sie einen winzigen Schritt zurück macht, wie im Zoo, wenn sich ein Tier dem Gitter nähert, wenn man es plötzlich riechen kann und der fasziniert-angeekelte Besucher auf einmal etwas Abstand gewinnen möchte.

Yvonne fragt mich jetzt, ob ich mich an einer Sammelaktion für Daphne beteiligen möchte. Man wolle ihr von der ganzen Belegschaft eine Klassik-Kollektion schenken. Sie streicht sich das Haar aus dem Gesicht und ihre Oberlippe ist ein bisschen feucht. Wie immer. Sie wirft einen Blick zurück in die Schalterhalle, um sich zu vergewissern, dass Daphne noch nicht da ist.

»Wie viel haben denn die anderen gezahlt?«, frage ich und spucke dabei aus Versehen ein kleines Stückchen Rosine an die Scheibe. Es muss sich bei dem Wort »gezahlt« aus meiner oberen Zahnreihe gelöst haben, genauer gesagt: bei dem Buchstaben »z«.

Sie zögert einen Moment und ich hoffe, dass sie diese kurze Pause für das Formulieren ihrer Antwort eingelegt hat und nicht zum Studium des kleinen Rosinen-Partikels, der genau in Augenhöhe zwischen uns klebt. Fünf bis zehn Euro, ganz wie ich wolle.

Ich nicke, greife in meine Mappe und ziehe einen Fünf-Euro-Schein aus meinem Geldbeutel. Ich schiebe ihn durch den Geldausgabeschlitz und tippe mit dem Zeigefinger beiläufig das Rosinenstückchen von der Scheibe, was Yvonne jetzt als ein Deuten missinterpretiert, einen Fingerzeig. Sie dreht sich deshalb um – und wie auf Stichwort betritt Daphne den Schalterraum. Yvonne nickt und lächelt mir wie eine Verbündete zu, dann schiebt sie den Schein flink in ihre Jeanstasche und lässt mich in ihrem Duftwölkchen zurück.

Heute hat sie kein *Shalimar* aufgelegt.

Heute riecht sie nach Glück und Reinheit, nach Vanille und etwas Zimt.

Ich ziehe den übrig gebliebenen Riegel Schokolade aus meiner Mappe und beende mit ihm meine Mittagspause.

17. Juli

Den meisten Menschen ist es doch gar nicht bewusst, dass sie wohlgestalter Natur sind.

Ich wüsste es zu schätzen, wenn ich schön wäre.

Schon jetzt. Nicht später – post-schön –, wenn ich verwelkt bin, mir alte Photos ansehe und über verpasste Chancen lamentiere. *Jetzt* wüsste ich es zu schätzen und ich würde meine Schönheit gezielt, aber bescheiden einsetzen.

Ich würde sie heimlich bewundern und niemanden erkennen lassen, dass ich mir ihrer bewusst bin. So strahle ich von innen. Wissend und bescheiden.

Das ist die Formel des ultimativen Erfolgs, der mir alle Türen öffnet. Die Leute sind mir gegenüber aufgeschlossen und einladend. Sie beobachten fasziniert jede meiner Bewegungen. Sie weichen am Kassenschalter nicht zurück, wenn ich mich ihnen nähere, im Gegenteil, sie versuchen – durch den Geldausgabeschlitz – so viel wie möglich von meiner Aura aufzunehmen, einzuatmen, mitzunehmen. Sie drehen sich nach mir um, wenn sie gehen, weil der kleinste Abschied von mir einen Verlust für sie bedeutet.

17. Juli, abends

Es tut mir leid, Vati. Das hab ich nicht denken wollen.

Für mich bist du nicht unbedeutend. Heute nicht mehr. Ich schlage mich tapfer durch dieses Leben, in das du mich gefickt hast.

Irgendwo bin ich wahrscheinlich falsch ausgestiegen.

Ich komme bald.

Parterre. Was heißt denn »Par«? »Terre« ist Erde, aber »Par«? »Auf« Erde. »Erd-Ebene«. »Erdgeschoss«. Egal.

Ich reiße mir einen Winkelhaken in den Schritt der Hose, als ich beim Übersteigen des Drahtzaunes hängen bleibe. Die Hainbuchenhecke raschelt verräterisch, aber der Wind wird meine Geräusche schon davontragen.

Ich stehe hinter einem Büschel Pampasgras und im Wohnzimmer brennt noch Licht.

Er liegt in Unterhosen auf der Couch und sieht fern. Das blaue Licht des Bildschirms zuckt bei jeder Einstellung. Er raucht und sagt etwas. Dann schiebt er eine Hand in die Unterhose und spielt mit seinem Schwanz.

Ich sehe auf meine Uhr. Gleich halb eins.

Jetzt kommt Yvonne ins Wohnzimmer. Sie trägt nur einen Slip und ein schlabberiges Sweatshirt.

Ein kalter Windhauch weht durch den Riss in meiner Hose, als wolle er meinen Intimbereich herunterkühlen und mich so zum Umkehren bewegen.

Er zieht die Hand aus seiner Unterhose und macht mit der Fernbedienung den Fernseher aus. Alles dunkel.

Scheiße.

Eine unsensible Wolke lässt sich von dem nächtlichen Wind weiterschieben, und plötzlich wird mir bewusst, dass wir Vollmond haben, der den Vorgarten in ein helles, silbergraues Licht taucht, in dem ein pummeliges Männchen hinter einem dürren Pampasgras-Strauch steht und auf ein dunkles Fenster starrt.

Ich wage es nicht mehr, mich zu bewegen, um nicht entdeckt zu werden. Reglos verharre ich in dem fremden Garten. Vielleicht gehe ich so als Buchsbaum durch.

Die Fenster der oberen Stockwerke sind ebenfalls dunkel. In der Ferne löst sich ein Güterzug aus dem Ostbahnhof. Endlos lang rattert er irgendwohin. Dutzende Radpaare tackern über dieselbe Unebenheit auf dem Gleis.

Wie oft habe ich mir im Zug Gedanken darüber gemacht, ob man lieber in Fahrtrichtung oder gegen die Fahrtrichtung sitzen sollte. Soll man sehen, was kommt oder was war?

Ein gelbliches Schimmern im Wohnzimmer. Ein Streichholz wurde angezündet. Die kleine Flamme wandert flackernd durch den Raum und kommt schließlich an einem Kerzendocht zur Ruhe.

Er liegt immer noch auf der Couch. Yvonne pustet das Streichholz aus, dann geht sie langsam auf ihn zu.

Sie steht jetzt vor ihm.

Er beugt sich ohne viel Aufhebens zur ihr vor, streckt seine Arme aus, streift ihr das Sweatshirt über den Kopf und lässt es auf den Boden fallen. Sie bewegt sich kurz, bückt sich, und ich konzentriere mich sehr, um in dem schwachen Kerzenlicht etwas zu erkennen. Als sie sich wieder aufgerichtet hat, trägt sie keinen Slip mehr.

Er zieht sie zu sich, bis sie auf seinem Schoß sitzt. Sie küsst ihn, erst auf die Brust, dann den Hals hinauf bis auf den Mund.

Plötzlich raschelt etwas ganz nah neben mir.

Etwas kleines Dunkles wackelt an meinen Füßen vorbei und steuert auf die Hainbuchenhecke zu. Ich glaube, ein Igel. Er nimmt den gleichen Weg, den ich gekommen bin.

Als ich zurück zum Fenster blicke, hat sich im Kerzenschein auf dem Sofa der vertraute Rhythmus eingestellt (den ich nur aus meinem Fernseher kenne), der ausschließlich der Fortpflanzung dient, aber den Beteiligten so viel Freude bereiten muss, dass sie darüber völlig übersehen, dass sie nur ihren biologischen Auftrag ausführen.

Eine gnädige Wolke befreit mich aus meiner exponierten Position und ich folge dem Igel.

23. Juli

Es regnet.

Ich stehe am Fenster und sehe mir die vielen Streifen an.

Die Kirchturmglocke schlägt einmal.

Vielleicht Viertel nach zwei.

Es ist Sonntag und beim Auflehnen auf dem Fensterbrett pieksen meine Bartstoppeln in meinen Handrücken.

In der Wohnung über mir wird die Toilettenspülung betätigt. Dann fällt eine Tür ins Schloss und jemand geht zurück in den Wohnraum. Die Schritte bleiben direkt über mir stehen.

Ich schließe das Fenster und ziehe mir Schuhe an, aber nicht die handgenähten. Während ich die Schnürsenkel zubinde, spüre ich den vertrauten Druck auf den Augen und wie mein Kopf rot wird. Beim Aufrichten wird diese Strapaze mit einem leichten Schwindelgefühl belohnt.

Die Kreatur wirft sich ihre regenabweisende Schutzhülle über und kontrolliert beim Hinausgehen im Spiegel … irgendwas.

Es war erstaunlich einfach, die Kirche zu finden. Drei Ecken weiter und beim Elektrodiscount links. Beinahe meine Straßenbahnstation. Tausend Mal gesehen und nie bemerkt.

Maria in Luce steht über dem Portal.

Die beiden quadratischen Türme und das Kirchenschiff sind in ein Baugerüst gehüllt. Irgendwas oder alles wird hier offenbar erneuert.

Ich gehe an dem Gebäude entlang, und der Regen tropft die Bretteretagen des Baugerüsts hinunter. Auf einmal höre ich Gesang. Ganz kurz. Als hätte jemand für einen Moment den Lautstärkeregler auf- und wieder abgedreht. Ich blicke mich um und sehe, wie ein älterer Mann vor dem Eingangsportal seinen Schirm aufspannt, die Straße überquert und am Ufer der Isar entlang vielleicht nach Hause spaziert.

Ich gehe zum Portal und blicke – wie um meinen nächsten Schritt zu legitimieren – noch mal auf den Namenszug des Gebäudes. Ich ziehe mit beiden Händen die massive Tür auf und die Wärme eines Kirchenchors empfängt mich.

Mitten im Kirchenschiff stehen, dreireihig, unglaublich viele Leute, Männer und Frauen. Der Gesang formt ihre Münder. Jemand hat sich, den Rücken mir zugewandt, vor ihnen in Stellung gebracht und dirigiert mit ausladenden Armbewegungen den Ablauf dieser Darbietung.

Gleich rechts neben mir entdecke ich ein paar Gestalten. Allesamt älteren Semesters. Zuhörer. Die Spitzen ihrer zusammengefalteten Schirme ruhen andächtig auf dem Steinboden in einer kleinen Wasserlache. Ich reihe mich ein, und man nickt sich zu, als wolle man sich dadurch gegenseitig der Daseinsberechtigung vergewissern. Ein Rest von Weihrauch mischt sich mit irgendeinem alten umgekippten Aftershave.

Nach dem Intermezzo setzt die Kirchenorgel ein und trägt die Stimmen des gemischten Chors durch die Rundbögen der Seitengänge.

Ich lehne mich an die Säule neben mir und stelle mir vor, wie mein nasser Regenumhang den alten Stein des Gemäuers befeuchtet.

Die Münder der Sänger bewegen sich artig, folgen der Idee irgendeines toten Komponisten.

Eine alte Frau in Schwarz kommt leise auf mich zu, und

bevor ich darüber nachdenken kann, was sie mir wohl sagen möchte, streckt sie ihre Hand aus, deutet auf mich und tippt zwei Finger in eine Weihwasserschale direkt neben mir an der Säule. Sie blickt Richtung Altar und benetzt die vorgeschriebenen vier Punkte auf ihrer Stirn und Brust, bevor sie mit einem angedeuteten Knicks unsere Veranstaltung verlässt.

Eine Wärme überkommt mich. Ich fühle, wie ich mich entspanne. Ich schließe die Augen und lausche der Musik.

Von oben und überall ertönt jetzt das Schlagen der Kirchturmuhr und erfüllt den Raum.

Mein Metronom. Es ist drei Uhr am Nachmittag.

23. Juli, nachts

Ich liege wach im Bett. Irgendetwas hat mich geweckt. Etwas in meinem Kopf.

Ein Gedanke.

Jetzt hat er sich versteckt, irgendwo in meinen Gehirnwindungen, und hofft, dass ich ihn nicht finde.

Aber ich spüre ihn.

Er besucht mich öfter in letzter Zeit, aber ich erkenne ihn nie. Weil er immer verkleidet ist. Kostümiert. Im Kostüm anderer Gedanken.

Es riecht nach Wasserfarben.

Ich mache mich auf die Suche nach dem Gedanken, gehe in seine Richtung. Ich betrete den Gang, in den er verschwunden ist …

Es ist dunkel hier, aber der Duft der Wasserfarbe beruhigt mich irgendwie. Ich ertaste etwas, das sich anfühlen möchte wie ein Tuch. Ich schiebe es zur Seite. Ganz weich. Da höre ich jemanden lachen: einen Mann. Die Stimme meines Vaters. Dann sagt er etwas. Ganz klar. Ich höre jedes Wort. Aber ich verstehe ihn nicht. Ich verstehe nicht, was er sagt.

Ich richte mich im Bett auf.

Und dann höre ich die Stimme meiner Mutter. Sie lacht jetzt ebenfalls. Sehr hoch und sehr laut. Ein mechanisches Lachen ist das, so spitz und kantig wie Metall.

Je weiter ich gehe, desto lauter wird das Gelächter der beiden. Ich spüre ein neues Tuch vor mir und schiebe es beiseite:

Plötzlich ist da ein Bild, mit Wasserfarben gemalt.

Ein Kinderbild.

Ein Haus mit einer Tür und einem Fenster. Mit einem Schornstein, aus dem der obligatorische Rauch steigt.

Daneben eine Sonne. Ein Baum und drei Personen im Garten und irgendein Tier, das mit viel Wohlwollen wie ein Pferd aussieht, aber ein Hund sein soll. Der Hund, den wir nie hatten. Ein – aus damaliger Sicht – subtil versteckter Hinweis auf meinen sehnlichsten Wunsch, angefertigt im Internat und als Geschenk für die Eltern gedacht, die mich wochenends sporadisch abholten.

Jemand lässt das Bild sinken. Das Gesicht meiner Mutter erscheint. Hinter ihr ist noch jemand. Ein Mann mit schwarz gelocktem Haar. Irgendwie kommt er mir bekannt vor. Genau! Der Kellner aus der Pizzeria um die Ecke. Sie sitzen auf unserem Balkon. Die Gesichter der beiden sind noch vom Lachen gerötet, aber durch meinen Auftritt hat sich ihre Stimmung schlagartig geändert. Ernüchtert durch meine Anwesenheit nimmt meine Mutter einen kräftigen Zug von ihrer Zigarette. Sie inhaliert tief, ohne mich aus den Augen zu lassen, dann bläst sie den Rauch aus, beugt sich zu dem Mann hinüber und flüstert ihm etwas ins Ohr. Er sieht mich an und nickt.

Ich sitze im Bett und folge mit den Augen dem Strahl zweier Autoscheinwerfer, der von der Kreuzung herauf durch mein Zimmer wandert, bevor er die Seitenstraße nach anderen Wachgebliebenen absucht.

24. Juli

Ich schrecke ruckartig hoch und reiße die Augen auf.

Viertel nach acht! Ich habe verschlafen!

Ich springe aus dem Bett und ziehe mich sofort an.

Ohne Waschen, ohne Rasieren.

Ich hetze aus dem Haus zur Straßenbahnstation. Die Tram kommt auch gleich. Ich steige ein und spüre, wie ich langsam zu schwitzen beginne. Die Tröpfchen sammeln sich in der Mitte meines Rückens und vereinigen sich dann zu einem kleinen Rinnsal, dem aber keine große Zukunft beschieden ist, weil es – kaum in Fahrt gekommen – in meinem Hosenbund versiegt.

Es ist 8.36 Uhr, als ich auf den Eingang meiner Filiale zustürze. Aber die Tür ist verschlossen. Ich wundere mich und gehe um das Haus herum. Merkwürdigerweise ist die Tür vom Seiteneingang zur Kreditabteilung nicht abgesperrt.

Kein Mensch zu sehen. Alles still. Haben wir heute einen Feiertag? Aber Licht brennt.

Ich betrete den Schalterraum und denke, ich störe eine Gymnastik-Stunde. Oder Yoga. Alle Angestellten nehmen an einer Dehnübung teil. Sie strecken sich – warum eigentlich auch nicht an einem Montagmorgen? –, sie halten die Arme weit über ihre Köpfe hinaus in die Luft gereckt, als wollten sie mit ihren Fingerspitzen die Decke berühren. Marlene hat mich erblickt, und ihrem Gesichtsausdruck entnehme ich gerade, dass ihr die Übung keinen rechten Spaß macht, als ich etwas Stechendes, Stumpfes in meinem Rücken spüre, genau an der Stelle, an der sich die Schweißtröpfchen immer sammeln. Ich reiße ruckartig den Kopf herum und blicke in ein grau-grünes Augenpaar. Der Rest des

Gesichts ist unter einer dunklen Skimaske verborgen. Ich hebe nun langsam – einer logischen Schlussfolgerung gehorchend – ebenfalls die Hände, dann schubst mich der Maskierte zu den anderen.

In dieser Position sind die Schwitzflecken unter meinen Armen natürlich nicht zu übersehen und ein übermütiger Gedanke foltert mich: dass die Situation hier in der Schalterhalle doch eine schöne Idee für eine Deodorant-Reklame wäre.

Der Maskierte schreit mit einem starken ausländischen Akzent (den ich den neuen EU-Mitgliedsstaaten zuordne) irgendwas von »Kasse« und »Schlüssel«. Da sich keiner rührt, wiederholt er sein Anliegen etwas lauter.

Als auch diese Aufforderung unbeantwortet bleibt, greift er sich wahllos die Person, die ihm am nächsten steht, in diesem Fall Marlene. Er zerrt ihren Kopf in den Schwitzkasten und drückt ihr den Revolver an die Schläfe. Die Zuchtperlenkette ihrer Großmutter reißt, und die auf dem Boden umherhüpfenden Kügelchen untermalen rhythmisch Marlenes Gewimmer.

Niemand regt sich.

Ich will mich noch immer nicht bei den Worten »Kasse« und »Schlüssel« angesprochen fühlen.

Einer Eingebung folgend stößt der Maskierte plötzlich Marlene von sich und greift sich Yvonne. Als könnte eine optisch ansprechendere Geisel unsere Kooperationsbereitschaft beschleunigen.

Marlene steht in ihren Perlen, und ich meine, eine winzige Enttäuschung in ihrem Gesicht zu entdecken, als ich mich – aufgrund der neuen Situation – jetzt doch dazu entschließe, mich als Kassierer zu erkennen zu geben.

Der Maskierte beschimpft mich wegen der langen Wartezeit, lässt von Yvonne ab und schubst mich unsanft Richtung Kasse. Mit erhobenen Händen und devot gesenktem Haupt schreite ich an meinen Kollegen vorbei auf meinen Glaskäfig zu und registriere im Vorbeigehen, dass sich Thannhuber in die Hosen gemacht hat.

Vor der Tür bleibe ich stehen und mache dem Maskierten klar, dass ich jetzt den Schlüssel aus meiner Mappe holen muss. Er schreit irgendwas in seiner Sprache und nickt zum Abschluss. Als wäre dies eine Aufforderung, endlich zu handeln, hole ich weit aus und schlage ihm meine Mappe ins Gesicht.

Er wird durch die Wucht nach hinten geworfen. Genug Zeit, um mich auf ihn zu werfen und ihm die Pistole zu entreißen. Ich springe auf und richte die Waffe auf den Bankräuber, der sich seiner neuen Situation aber noch nicht ganz bewusst ist, weil seine Maske verrutscht ist. Aus dem Schlitz, der für das rechte Auge gedacht war, lugt jetzt ein Ohr hervor. Er behebt diesen kurzen Moment der Orientierungslosigkeit durch ein paar flinke Dreher seiner Maskenmütze nach rechts, dann wieder nach links – dem Hantieren am Zahlenschloss eines Tresors nicht unähnlich –, bis die beiden Sehschlitze wieder sein grau-grünes Augenpaar gefunden haben und er nun endlich in den Lauf des Revolvers blicken kann, den ich auf ihn richte.

Plötzlich vernehme ich einen langgezogenen Schrei.

Ich drehe mich um und sehe gerade noch, wie Yvonne – zwischen den Bankkollegen hindurch – auf mich zustürzt und mich mit voller Wucht umstößt.

Ich schrecke ruckartig aus dem Schlaf und reiße die Augen auf.

Ich liege auf dem Fußboden neben meinem Bett. Als ich mich völlig benommen aufrichten will, bemerke ich ein warmes – aus Kindheitstagen vertrautes – Gefühl in der Lendengegend. Ich habe in meinen Pyjama gepinkelt.

Und ich habe verschlafen.

Der Mensch ist an sich eigentlich kein schönes Lebewesen.

Die Körper der meisten Exemplare dieser Spezies sind größtenteils unbehaart. Lediglich auf dem Kopf hat eine Laune der Evolution einen kleinen Fellrest übrig gelassen, dem zeitlebens besondere Aufmerksamkeit zuteil wird: Man dreht an dem kleinen Pelz herum, lässt ihn wachsen, schneidet ihn wieder ab, gibt ihm eine andere Farbe oder schmiert irgendwelche Salben hinein.

Die Fellreste unter den Armen der Weibchen hingegen werden entfernt. Wenn sie dies einmal versäumen, ist es peinlich, und nicht einmal ihre Geschlechtsgenossinnen wagen, sie darauf aufmerksam zu machen.

Der Hauptanteil der Körperfläche jedoch ist kahl und weißlich, idealerweise aber – keiner weiß warum – braun.

Um diesen Farbton zu erzielen, legt sich die besagte Spezies unbekleidet auf den Boden, wenn keine Wolken am Himmel sind. Sie wendet sich ab und zu, bis eine leichte Rötung eintritt, die für den nächsten Tag schließlich den ersehnten Braunton verspricht. Dann ist man sich eines anerkennenden Nickens seiner Mitmenschen gewiss.

Ich schiebe mein Fahrrad langsam den schmalen Sandweg des Englischen Gartens entlang, der parallel zum Eisbach verläuft. Im Sand sind Pferdespuren zu erkennen, und für Reiter ist der Pfad auch eigentlich gedacht. Der Strich meines Fahrradreifens teilt das Potpourri aus Huf- und Fußspuren in zwei Hälften. Es riecht nach Heu und Kokosnussöl und Pferdeäpfeln. Ich vermeide jeden Augenkontakt mit den Sonnenbadenden, aber ich spüre, dass sie mir fragend nachschauen. Sie sind fast alle nackt und braun, sie liegen, knien, sitzen, stehen und gehen, und jede Position sieht gut aus. Unangestrengt.

In der Mittagspause habe ich gehört, dass sich Thannhuber, Brunner, Yvonne und Daphne heute Nachmittag am Chinesischen Turm treffen wollen. Damit Daphne mal wieder unter Leute kommt.

Es ist drückend schwül. Am Horizont hinter der Königinstraße sehe ich, wie sich eine schwarz-lila Wolkenwand auftürmt.

Ich schiebe mein Rad auf die Brücke, die über den Eisbach führt, und vermeide gerade noch rechtzeitig den Blickkontakt mit einem Penner, der mit eingeübtem Augenaufschlag auf das allzeit abrufbare Schuldgefühl der Passanten spekuliert.

Der Kiesweg ist trocken und staubt unter den Füßen der Spaziergänger. Eine Gruppe Farbiger sitzt auf der Wiese und improvisiert irgendwas auf ihren Bongos und Percussion-Instrumenten. Ein paar vergammelte Alternative tanzen dazu vor ihnen herum, ohne den Rhythmus zu finden.

Unter dem Monopteros-Pavillon kleben die Leute am Hügel in der Sonne. Ein Schäferhund und irgendetwas Ähnliches wie ein Collie kopulieren unbeeindruckt neben dem Softeiswagen, während ihre Hundehalter betreten an den Leinen zerren.

Ich schiebe mein Fahrrad in das kleine Waldstück hinein, das jetzt bald zum Biergarten wird, und aus der Ferne höre ich die Blasmusik der kleinen Kapelle, die immer in der ersten Etage des asiatischen, pagodenartigen Turmes hinter einem Taubennetz sitzt und mit stoischer Gelassenheit ihr Programm herunterbläst.

Mein Rad stelle ich hinter der Brotzeitausgabe ab, lehne es an einen Zigarettenautomaten und vertraue auf das Gute im Menschen, indem ich es nicht abschließe.

Ich wende mich zum Gehen, als ich plötzlich Yvonnes Freund auf mich zukommen sehe.

Er schiebt sein Fahrrad neben sich her, offensichtlich auf der Suche nach einem geeigneten Platz, um es anzuketten. Ich bin zu perplex, um mich sofort abzuwenden, und es kommt unvermeidlich zum Blickkontakt, aber in seinem Gesicht regt sich nichts. Ich bin niemand, er hat mich überhaupt nicht wiedererkannt.

Er stellt sein Rad an den Zigarettenautomaten, nachdem er meins zur Seite geschoben hat. Er trägt eine weiße, dünne Leinenhose, deren rechtes aufgeschlagenes Bein er jetzt herunterkrempelt. Sein ärmelloses T-Shirt hängt lässig über der Hose, und beim Befestigen seines Superbikes am Standfuß des Zigarettenautomaten baumelt ein Silberkettchen mit Kreuz vor seinem Gesicht.

Dann ertönt die leinengedämpfte Hymne von ›Mission Impossible‹.

Er richtet sich auf, zieht sein Handy aus der Hosentasche, hält es ans Ohr und sagt dem Anrufer (wahrscheinlich Yvonne), dass er schon da sei und wo sie säßen.

Dabei geht er nun telefonierend an mir vorbei, und eine Brise Kokosnussöl schlägt eine olfaktorische Brücke zu meinen Eindrücken am Eisbach.

Ich folge ihm in einigem Abstand.

Als er die anderen gefunden hat, bleibe ich stehen und verberge mich zur Hälfte hinter dem Stamm einer Kastanie. Er klopft zur Begrüßung lässig auf den Tisch, dann greift er Yvonne ins Haar und küsst sie auf den Hals.

Uneingeladen beobachte ich aus der Distanz die Belegschaft meiner Filiale …

Thannhuber trägt eine komplette Radlermontur und scheint sich in seiner Polyesterhaut wohlzufühlen, während Brunner auf Daphne einredet und sie fortwährend mit dem Kopf nickt, vermutlich um nicht unhöflich zu sein. Und dann lacht Thannhuber ein paar Mal laut auf. Er versucht damit wahrscheinlich die kleine Niederlage zu überspielen, dass er seit der Ankunft von Yvonnes Macker bloß noch die zweite Geige am Tisch spielt.

Irgendein Fettwanst schiebt sich jetzt ins Bild, nimmt ausgerechnet am Tisch vor ihnen Platz, und der unruhige Gamsbart auf seinem Trachtenhut blockiert genau meine Aussicht auf Yvonne.

Ich überlege, ob ich wieder gehen soll.

Meine linke Hand ruht auf dem rauen, warmen Stamm der Kastanie.

Es herrscht totale Windstille.

Ich lasse meine Hand weitergleiten, bis ich den ganzen Arm um den Stamm gelegt habe. Ich blicke nach oben in die unzähligen Blätter, die bewegungslos der Photosynthese nachgehen.

Nimmt der Baum Notiz von dem alljährlichen Geplapper in seinem Schatten? Hat er überhaupt eine Chance, dem zu entgehen? Verändert sich durch die Anwesenheit der Biergartengäste vielleicht sein Wuchs? Spürt er irgendwas? Den Druck meines Arms? Verewigt sich in den Jahresringen im Innern seines Stamms nur die Häufigkeit des Niederschlags eines Sommers oder die Trockenheit eines langen Winters, oder aber auch sein persönliches Empfinden? Empfindet er die einsame Kälte des Winters, wenn die Dächer des seltsam deplaciert wirkenden Chinesischen Turms vom Schnee bedeckt sind, wenn der eisige Wind um die verlassenen Bier- und Brotzeitbuden und dann um seinen Stamm streicht?

Spürt er, dass er mit den Astgabeln seinen Nachbarbaum berührt?

Liegt es in seiner Macht zu entscheiden, wann und warum er welche Kastanie fallen lässt und weshalb eine andere erst später?

Ich lehne meinen Kopf an seinen Stamm.

Am Tisch direkt neben mir quengelt ein Mädchen herum, traktiert seine hilflosen Eltern mit unmöglichen Sonderwünschen, obwohl diese zumindest einmal nachgegeben haben müssen: Der runde Kopf des Quälgeists ist mit unzähligen geflochtenen Zöpfchen übersät, eine modische Unart, die vor einem Vierteljahrhundert Bo Dereks Maskenbildner in die Welt gesetzt hat und die seitdem die Köpfe zahlloser Strandurlauberinnen verunstaltet. Die geflochtenen Zöpfchen gehen aus kleinen – mit geometrischer Akribie aufgeteilten – Haarquadraten hervor. Dabei werden die Zöpfe – die noch mit bunten Perlen angereichert sind – so streng geflochten, dass zwischen jedem Viereck die kahle, rosa Kopfhaut zum Vorschein kommt. Als Ganzes betrachtet gleicht der – besonders runde – Schädel dieses Exemplars somit in etwa unserem Globus: Geographisch unterteilt in eine Vielzahl Quadrate, in rosa Längen- und Breitengrade.

Eine frühe Wespe versucht auf meinem Ohr zu landen, aber ich unterbinde ihr Vorhaben, indem ich sie mit einem hektischen Handschlag davonkatapultierte.

Ich blicke zu Yvonnes Tisch. Hinter dem Sichtschutz des

Gamsbartes hat zum Glück niemand von meiner Aktion Notiz genommen.

Die Wespe hat sich unterdessen unbemerkt auf eines der vielen Zöpfchen gerettet, um sich von meinem Schlag zu erholen. Während das ungezogene Mädchen nun mit gerötetem Gesicht die Mutter auf seine Seite zu ziehen versucht und dem geplagten Vater langsam die Felle davonschwimmen, hat sich das gelb-schwarz gestreifte Insekt wieder gefangen und krabbelt nun auf Erkundungstour: Schnell hat es die südlichen Breitengrade erreicht – ich stelle mir Südafrika vor – und wandert jetzt, den Nacken entlang, gen Osten, überquert einen Längengrad und dann noch einen weiteren, bevor es schließlich Madagaskar anläuft, das rechte Ohr.

Ich blicke wieder zum Tisch meiner Kollegen.

Brunner hat Daphne tatsächlich zum Lächeln gebracht. Eine aufkommende Windbrise weht ihr ein paar Strähnen ins Gesicht.

Blonde Haare und braune Augen.

Sie streicht das Haar aus dem Gesicht und lässt ihre Hand für einen Moment auf ihrem Kopf ruhen.

Sie schließt die Augen und genießt den späten Sonnenstrahl, der ihr Gesicht wärmt, als das plötzliche Gekreische der Göre vom Tisch neben mir diesen Moment zerstört. Vater und Mutter sind schlagartig wieder zu einer Einheit verschmolzen und verarzten gemeinsam ihr Junges, indem sie das vom Stich gerötete Ohr mit einem Rest Bier zu kühlen versuchen.

Die Familie geht dann auch endlich und es kehrt wieder Ruhe ein.

Wie irgendeiner stillen Übereinkunft gehorchend, nimmt

der Dicke im Trachten-Outfit auf einmal seinen Hut ab, und Yvonne blickt mir direkt in die Augen.

Die Zeit steht für einen Moment still.

Ich verharre atemlos, die Kastanie (meine stumme Vertraute) noch immer in inniger Umarmung …

Plötzlich erschüttert ein gewaltiger Donnerschlag den Englischen Garten. Die Gäste blicken erschrocken nach oben in die dunklen Wolken, die sich unbemerkt über ihnen zusammengeschoben haben. Bevor die ersten Tropfen fallen, ist allgemeiner Aufbruch angesagt, und ich schlängele mich durchs Pfandmarkengetümmel zu meinem Fahrrad. Der Regen hat nach einigen zaghaften Ansätzen jegliche Zurückhaltung verloren und prasselt jetzt ungehemmt auf das Freizeitvergnügen nieder.

Ich stehe unter dem schmalen Vordach an der Rückseite der Brotzeitbude und warte.

Ich ziehe den Bauch ein, aber der Regen beschreibt eine scharfe Soll-Grenze auf meinem T-Shirt.

Yvonnes Freund erscheint, geht lässig auf sein Rad zu.

Im Platzregen stellen seine entspannten, unbekümmerten Bewegungen einen ungewöhnlichen Kontrast zu dem hektischen, wasserscheuen Treiben der anderen Biergartengäste dar.

Er schließt das Schloss an seinem Fahrrad auf, krempelt das rechte Hosenbein hoch und verharrt für einen Moment.

Er blickt nach oben, öffnet leicht den Mund und lässt die Tropfen in sein Gesicht prasseln.

Ein Waldstück. Er fährt mit seinem Rad gemächlich durch den Regen, einen der Feldwege entlang. Richtung Norden.

Ich folge ihm in sicherem Abstand. Dicke Wassertropfen fallen von den Blättern der Bäume in mein Gesicht.

Der Hinterreifen seines Sportbikes hat kein Schutzblech, und das lehmige Wasser des Weges zieht einen braunen Streifen über seine helle Leinenhose bis hinauf auf die Rückenseite seines T-Shirts.

Ich spüre, wie mein Herz zu klopfen beginnt und mein untrainierter Körper dieses Symptom durch heftiges Atmen auszugleichen versucht.

Auf einmal, und ohne ersichtlichen Grund, steigert er sein Tempo. Ein Gedanke, eine Idee, oder einfach der plötzliche Überdruss an der anfänglich so zelebrierten Naturverbundenheit mag ihn dazu bewogen haben. Auf jeden Fall tritt er nun mit Kräften in die Pedale, halb stehend auf seinem Fahrrad.

Ich beschleunige ebenfalls.

Er gewinnt Abstand. Immer mehr.

Mein Atem pfeift. Mein Herz pumpt noch schneller Blut durch den Körper, der nicht zu mir gehört, und in das Gehirn, das ihn dennoch verwalten muss.

Ich kann nicht mehr.

Irgendwann weiß ein Sportler doch, dass er nicht auf dem Siegertreppchen stehen wird, und trotzdem strampelt er weiter, strampelt und strampelt, um einen Rang in der Bedeutungslosigkeit einzunehmen. Wozu denn?

Ich lasse die Pedale ruhen und rolle aus.

Der Weg verlässt das Waldstück.

Da vorne radelt er.

Er wird immer kleiner, strampelt durch die nächste Lichtung und biegt dann nach links ab.

Ich habe mir am Freitag eine Erkältung geholt. Hoffentlich wird das keine Sommergrippe!

Ich liege im Bett und luge mit einem verklebten Auge zum Fenster. Der Regen ist geblieben. Die Gewitterwolken haben es sich über München gemütlich gemacht und noch Verstärkung aus dem Westen geholt.

In der Wohnung über mir wird gesaugt, dazu werden Stühle verrückt, und aus der Ferne höre ich, wie die Straßenbahn irgendein Hindernis vom Gleis klingelt.

Ich hole das Tagebuch aus seiner Schublade, schlüpfe wieder unter die Bettdecke und lese die Eintragungen der letzten Tage. Dann lege ich es beiseite. Da fällt mir eine Gesundheitsbroschüre ins Auge, die ich vorletzte Woche aus meinem Briefkasten gezogen habe. *Gesünder leben* wird auf der Titelseite empfohlen, und darunter sind die Artikel angekündigt, die den geneigten Leser auf dem Weg dahin begleiten sollen:

Akupunktur – wo sie wirklich hilft,

Müsli – sechs Richtige für jeden Tag und …

Sex & Spaß – Spielen Sie doch mal!

Ohne es aufgeschlagen zu haben, lasse ich das Heftchen zu Boden gleiten. Dann wälze ich mich aus dem Bett und gehe zum Regal im Flur.

Ich krame das örtliche Telefonbuch hervor: A – K.

Ich blättere mich zu *D* vor und finde mit dem Zeigefinger *Dillinger, Hermann.* Meine Fingernägel sind zu lang.

Mit einem Kugelschreiber streiche ich den Namen von der Liste der Fernsprechteilnehmer unserer Stadt.

2. August, abends

Ich habe gerade darüber nachgedacht, ob in diesem Moment irgendjemand an mich denkt.

Es gibt eine Spezies von Mensch, der traut man keine eigentliche Existenz zu. Keine Probleme. Kein Privatleben. Geschweige denn ein Sexualleben. Nicht mal sexuelle Gelüste.

Ihre asexuelle Aura macht sie gesellschaftlich unsichtbar. Sie funktionieren im Beruf, und wenn man sie aus den Augen verliert, zum Beispiel bei Dienstschluss, lösen sie sich auf und sind keinen Gedanken mehr wert. Nicht mal *einen* Gedanken.

Es bleibt von dieser Person einfach nichts hängen, was wert wäre, mit in den Feierabend genommen zu werden.

3. August

Heute gehe ich in den Zoo, um mir unsere Gefangenen anzusehen. Es ist ein herrlicher, kühler, klarer Tag.

Ich löse meine Karte am Eingang und schreite an den beiden Damagazellen vorbei, die sich – lagebedingt – freundlich aneinander reibend als Begrüßungskomitee verstehen.

Ich orientiere mich an einem Hinweisschild und marschiere geradewegs auf das Affenhaus zu, um die Lebewesen in Augenschein zu nehmen, die uns am nächsten sind, deren Art der Unterbringung aber stets den Verdacht aufkommen lässt, dass wir diese Verwandtschaft nur mit großer Skepsis erdulden.

Ich betrete das Affenhaus, und es riecht mindestens so, wie ich es erwartet habe. Ich gehe an den dicken Glasscheiben vorbei, die unsere unterschiedlichen Entwicklungsstufen räumlich voneinander trennen sollen.

Unwillkürlich muss ich an meinen Arbeitsplatz denken.

Eine Eulenkopfmeerkatze lässt sich von ihrem Lebensgefährten nach eventuellen Parasiten abtasten. Dazu streckt sie sich in eingeübter Pose und hält sich am Ast des Kletterstamms fest.

Saimiri sciureus boliviensis d'Orbigny aus Südamerika hingegen, der 1834 von der entfernten Verwandtschaft (wahrscheinlich auf einem Baum) entdeckt und anschließend ungefragt mit den Worten einer toten Sprache benannt und katalogisiert wurde, ist der Publikumsliebling: Eine ganze Gesellschaft dieser Gattung turnt munter in ihrer Behausung umher, knabbert an kleinen Gemüseteilen, trennt Lauchscheiben von Gurkenstückchen, spuckt eine Schale aus, umarmt sich selbst und dann den Artgenossen.

Eine fächerartige Holzkonstruktion schwebt in der Mitte des Käfigs. Wenn ein Äffchen in eine der Etagen springt, dreht sich das Gebilde. Um diese Unbequemlichkeit zu umgehen, setzt sich ein anderes Äffchen, das in Physik aufgepasst hat, in die obere Mitte, um das Gleichgewicht zu halten. Ein nachspringender Artgenosse jedoch, der ein seitliches Brett anvisiert hat, destabilisiert das Gefüge, woraufhin der Kollege in der oberen Etage durch die nun einsetzende Rotation das Feld räumen muss.

Beim Betrachten dieser Aktionen wollte sich der Konstrukteur dieses Gebildes wahrscheinlich ein ums andere Mal seinen intellektuellen Vorsprung bestätigen lassen, den er mit dem Publikum teilen möchte. (Wenn er wüsste, dass die Affen ihm in ihrer grenzenlosen Nachsicht nur einen Gefallen tun, damit er auf seine putzige Erfindung stolz sein darf.)

Das Totenkopfäffchen ... (die deutsche Namensgebung erschließt sich mir noch weniger als die lateinische) ... *hat im Vergleich zur Körpergröße ein relativ großes Gehirn* ..., lese ich auf dem Schild, ... *ein Umstand, der es zu einem beliebten Versuchstier hat werden lassen.*

Gesicht und Hals weiß.

Seiten, Koteletten und Schnauze schwarz-braun.

Feinde: Greifvögel und Mensch.

Ich nehme auf der Bank vor dem Schaukasten Platz und beobachte das Geschehen hinter der Glasscheibe. Neben mir sitzt eine dicke Frau in blauer Latzhose und weißem, abgetragenem Hemd. Sie hat kein Alter.

Sie starrt blicklos zu den Totenkopfäffchen. Ich spüre intuitiv, dass sie hier sehr oft sitzt. Die Hand ruht auf einer speckigen Tasche neben ihr auf der Bank.

So sitzen wir da. Mein schlechtes Besuchergewissen wird durch ihre Haltung noch bestärkt und ich möchte das Gleiche ausstrahlen wie sie.

Ich glaube, die Frau lässt sich von den Affen beobachten.

Plötzlich ertönt ein markerschütternder Schrei aus einem der benachbarten Glaskästen. Sie springt auf, lässt ihre Tasche zurück und läuft zu der Scheibe. Ich unterdrücke meinen Drang, ihr zu folgen, und warte.

Als das Geschrei verebbt ist, kehrt sie zu ihrem Platz zurück und nimmt wieder dieselbe Haltung ein und denselben Gesichtsausdruck wie zuvor.

Nach einer Anstandspause erhebe ich mich und schlendere gemütlich – an einem gelangweilten Orang-Utan-Pärchen vorbei – auf besagte Glasscheibe zu.

Der Vari, lese ich, *ist das Ergebnis eines spektakulären Anpassungsprozesses.* Das bin ich auch. *Diese Affenart hat sich durch die Abspaltung einer Insel vom Festland vor 50 Millionen Jahren zu ihrer heutigen, einzigartigen Form entwickelt.* Ich lese *Madagaskar* und denke an meine gelb-schwarz gestreifte Verbündete am Chinesischen Turm.

Wie auch immer, *der Vari,* der vermutlich ohne sein Wissen der Gruppe der Lemuren zugeordnet wurde, *ist,* wie ich seiner Schrifttafel weiterhin entnehme, *von schwarz-weißer Farbe und mit einer weißen Halskrause versehen* – und das kann ich bestätigen.

Er liegt auf einem Ast und blickt mich wahrscheinlich an.

Seine Augen starren in meine Richtung. Regungslos.

Eine lärmende Familie zieht vorbei, kichert und klopft an die Scheiben. Dann herrscht wieder Ruhe.

Weiter hinten putzt ein Angestellter ein Schaufenster.

Der Vari verlässt seinen Ast und springt zu Boden.

Ich gehe in die Knie, als er sich der Scheibe nähert.

Er sieht mir direkt in die Augen.

Charakteristisch für die Varis ist ihr nächtliches Geschrei, das – nach einem Zitat – ohne Übertreibung wie das schauerliche Lachen eines Irrsinnigen klingt, werde ich später lesen.

Wir blicken uns an, eine ganze Zeit lang.

Warum schreist du denn schon tagsüber? Hm?

Die kleine nasse Nase tippt gegen die Scheibe, aber er gibt mir keine Antwort.

Dann drückt er seinen Kopf gegen das Glas und ich höre leise das klopfende Geräusch seines Schädels. Er richtet sich auf und presst seinen Körper gegen die durchsichtige, harte Grenze zwischen uns.

Ich verlasse diesen Ort, passiere den Käfig, in dem ein Tiger unter der Beobachtung einer Menschentraube seine hospitalistischen Runden dreht. Kurz vor dem Ausgang stehen zwei Königsgeier mit weit auseinandergebreiteten Flügeln in ihrer Voliere auf dem Boden und genießen in der Abendsonne das Desinteresse des Publikums.

8. August

In dem zu meinem Apartment gehörenden Kellerabteil befinden sich drei Autoreifen. Ich habe sie von meinem Vormieter stillschweigend übernommen, und es würde mich nicht wundern, wenn dieser sie ebenfalls von seinem Vorgänger vererbt bekam.

In einem jener seltenen Momente, an denen man meint, den Nebensächlichkeiten des Lebens besondere Aufmerksamkeit schenken zu müssen, habe ich dem obersten der besagten Reifen die ins alte Gummi gestanzte Größenbezeichnung entnommen: 145 SR 14.

Eigentlich kann ich mich daran nur erinnern, weil ich mich vor anderthalb Jahren dazu entschlossen hatte, ein Fondueset (mit dem sich der Filialleiter unserer Bank zu meinem 10-jährigen Jubiläum wieder einmal geschmacklich disqualifiziert hatte) in meinem Kellerverschlag in Vergessenheit geraten zu lassen. Damals wählte ich als Ablagefläche für dieses Geschenk – vermutlich um mich nicht bücken zu müssen – den für mich bequemsten Punkt und damit eben den Stapel Reifen.

Das Set besteht (ich hatte die Schachtel einmal kurz geöffnet) aus einem Chromtopf und einem Deckel mit sternförmiger Ausstanzung für die sechs mitgelieferten Fonduegabeln. Diese sind – wie üblich – am Griffende mit verschiedenen bunten Farbtupfern versehen, damit es beim gesellschaftlichen Fleischstückchen-Frittieren kein Durcheinander und keinen Streit gibt.

An dieses Fondueset habe ich heute gedacht.

10. August

Es ist schrecklich heiß. Seit Tagen. Schatten bringt keine Erleichterung mehr. Ich trage ein kurzärmeliges Hemd, obwohl man so die Sommersprossen auf meinen Armen sehen kann.

Es ist kurz vor Feierabend. Kaum noch Kundschaft.

Marlene schiebt sich ins Blickfeld, rollt die Augen nach oben und versucht mir dadurch zu signalisieren, dass sie sich langweilt. Vor allem versucht sie dadurch aber eine vertrauliche Kommunikationsform zwischen uns beiden zu etablieren, die ohne Worte auskommt, die aber gänzlich einseitig bleibt, da ich nie irgendeine Geste erwidere.

Mein Panzerglas ist nur von außen durchlässig. Von innen dringt nichts hinaus. Das Wort »semipermeabel« kommt mir in den Sinn und ich spreche es laut aus.

Marlene sieht mich fragend an, hält eine Hand ans Ohr, als ob sie schwerhörig wäre, dann zuckt sie mit den Schultern. Ein Blick zur Eingangstür verrät, dass sie endlich zusperren möchte.

Eine Dame mittleren Alters mit Sonnenbrille tritt an meinen Schalter. Sie legt einen Umschlag in die Geldausgabe und nimmt dazu gnädigerweise die Sonnenbrille ab, vielleicht um dadurch der bevorstehenden Transaktion einen offizielleren Touch zu verleihen.

Der Umschlag beherbergt achtunddreißig 500-Euro-Noten, weshalb ich mir den Personalausweis der Frau vorlegen lassen muss: Sie hat die 15.000-Euro-Marke überschritten, die das Finanzamt aufhorchen lässt und mich als Geldzähler dazu verpflichtet, mich nach der Herkunft des einzuzahlenden Bargeldes zu erkundigen.

»Das hab ich mir vom 12. Juni bis heute Morgen zusammengevögelt«, erfahre ich und überlege später beim Einsortieren der 500-Euro-Scheine – die Dame hat unsere Filiale bereits wieder verlassen –, wie ich die Quellenangabe unserer Kundin schriftlich festhalten könnte.

Das Geräusch des sich im Schloss unserer Eingangstür umdrehenden Schlüssels hilft mir, mich für *Einkünfte aus selbstständiger Tätigkeit* zu entscheiden. (Sollte nicht jede Tätigkeit selbstständig sein?)

Marlene hat den Schlüssel aus dem Schloss gezogen.

Ihre Augen streifen mich mit einem Feierabendaufschlag, dann geht sie auf ihren Schalter zu, deponiert den Schlüssel, klappt ihre Handtasche zu und beendet im Hinausgehen einen weiteren Arbeitstag ihrer nichtselbstständigen Tätigkeit.

Ich blicke auf meinen Kalender. Noch etwas über zwei Wochen, dann habe ich Urlaub. Zehn Tage lang.

Ich trete hinaus auf die Straße, leicht außer Atem, weil ich noch im Untergeschoss auf dem Klo war. Die Mappe klemmt unter meinem linken Arm.

Wenn ich mich so sehen würde, würde ich an mir vorbeigehen.

Und das tun auch alle.

Es ist 17 Uhr 06 und der Abend hat nicht einmal begonnen. Die Sonne steht noch so hoch, dass sie auf meinen Unterarmen brennt.

Die Straßenbahn kommt, aber ich will irgendwie nicht nach Hause.

Mein rechter Fuß tippt auf einmal ohne Erlaubnis drei Mal auf den Boden, dann hat er sich bereits mit dem linken

Fuß verbündet, und die beiden gehen auf die U-Bahnstation zu. Ich folge ihnen unauffällig und wundere mich, wie viele Leute heute unterwegs sind.

Am Marienplatz steige ich unterirdisch aus.

Ein unergründlicher Drang nach etwas anderem lässt mich in die S-Bahn einsteigen. Und schon geht es mit vielen Aus-dem-Fenster-Guckern Richtung Süden. Stummes Ein- und Aussteigen. Die Lebewesen mit ihren Aktentaschen und Einkaufstüten stehen wackelnd in der großen Metallschlange und lassen sich von ihr mit vertrautem Zischen an den abonnierten Stationen auswürgen.

Kurz nachdem sich die Türen nach der Station *Stockdorf* geschlossen haben, vernehme ich eine herbe weibliche Stimme, die sich keine Mühe mehr gibt, den abgenutzten drei Worten »Die Fahrscheine bitte!« irgendeine dramatische (drohende oder vielleicht sich entschuldigende) Färbung zu geben. Meine Stimmanalyse ist in dieser Situation auch völlig irrelevant: In meiner kuriosen Freizeiteuphorie habe ich vergessen, dass meine Jahreskarte nur im Innenraum der Stadt gültig ist.

Ab *Gauting* starren mich auf jeden Fall alle Fahrgäste an. Ihr Gesichtsausdruck hat teilweise etwas Enttäuschtes. Als hätten sie von mir als Letztem erwartet, dass ich mich auf Kosten der Allgemeinheit durch die Landschaft kutschieren lasse.

Ich habe meine Strafe bar bezahlt und die Passage zu meinem Feierabend-Eldorado dennoch gleich nachgelöst. Ein kleiner Junge deutet auf mich und fragt seine Mutter etwas. Sie dreht den Kleinen von mir weg und tuschelt ihm irgendwas ins Ohr.

Die drei trauten, dunklen, feuchten Flecken werden wieder unter meinen Armen und am Rücken sichtbar und ich wähle nun eine tiefer gelegene Festhaltemöglichkeit. Um die Transpiration zu bremsen, versuche ich gelangweilt aus dem Fenster zu sehen. Ich lasse die Landschaft an mir vorbei ziehen …

Ich halte mich fest. Noch ist meine Zeit nicht gekommen. Mittlerweile hat sich das Abteil geleert, aber ich bleibe stehen. Meinen Zielort werde ich in aufrechter Haltung begrüßen.

Viel Wald und Vorort und dann der Knick nach rechts … und ich schaue auf den Starnberger See.

Der beste Blick.

Alles Gold.

18 Uhr 13.

Ich trete in die Abendsonne hinaus. Die Lautsprecherdurchsage kann den Zauber der quakenden Enten und das Fiepen der Blesshühner nicht zerstören. Ich bringe die Unterführung ganz schnell hinter mich, um geradewegs auf das Wasser zuzugehen.

So viele Menschen hier am Ufer. Und weiter draußen so viele Boote. Segelboote in den letzten Windböen.

Die ›Bernried‹ verlässt gerade den Dampfersteg mit ihren späten Gästen. Ein paar Möwen folgen dem Schiff.

Ich steuere auf eine der kleinen Holzbuden zu und miete mir für die letzten zwei Stunden dieses Nachmittags ein Elektroboot für 30 Euro.

Egal jetzt.

Zwei Gänge vorwärts, zwei zurück. Ich nicke und versuche einen technisch versierten Eindruck zu vermitteln.

Dann setzt sich das kleine Plastikboot in Bewegung.

Der Bootsverleiher sieht mir skeptisch hinterher oder genießt das Alpenpanorama.

Geräuschlos gleitet mein Boot mit mir über das Wasser. Mit bedrohlicher Seitenlage. Warum werden die Steuerräder auch nicht mittig angebracht?

Es riecht ein bisschen nach warmem Kunstharz und nach kühlen Algen.

Ein Tretboot wird vorbeigetreten. Ein Pärchen. Vielleicht Südländer. Er hat seinen Arm um ihre Schulter gelegt. Als müsste er das so tun. Als ob man das von ihm erwarten würde oder – im schlimmsten Fall – weil er das so möchte. Ein Junge und ein Mädchen balgen sich im Wasser um eine rote Boje.

Von rechts zischt ein uraltes Segelboot an mir vorüber. Ein betagtes Ehepaar. Beide grau. Beide etwas zu dick. Das Boot haben sie wahrscheinlich in den Sechzigern gekauft. Er schreit irgendetwas. Dann wendet das Boot. Sie wechselt den Sitzplatz und kriecht schnell unter dem Baum hindurch zu ihm herüber. Sie kuschelt sich an ihn, ergreift irgendein Seil und zieht daran. Das alte Segelboot gewinnt wieder an Fahrt. Dann werden sie kleiner.

Ich schalte auf »0«.

Dann klettere ich nach hinten auf die Liegefläche … öffne zwei Knöpfe an meinem Hemd … lege mich auf den Rücken …

Eine Wolke.

Sie nähert sich der Sonne und es wird kurz wärmer. Als müsste die Sonne die bevorstehende kurze Unterbrechung mit einer Extradosis Hitze im Voraus ausgleichen.

Ganz leicht plätschern die kleinen Wellen an den Bootsrumpf. Schaukeln mich vorsichtig wie ein Baby hin und her. In den blauen Himmel schiebt sich ein Heißluftballon. Ob die mich von da oben sehen können? Lauter weiße Punkte auf dem dunklen See.

Einer davon bin ich. Ihr zahlt für da oben. Ich für hier unten. Wie im Urlaubsclub. Wie auf dem Oktoberfest. Bezahlung für Bewegung.

Ein neugieriger Schwanenkopf holt mich in die Natur zurück. Er blickt über den Bootsrand zu mir herein und seine Autorität veranlasst mich sofort, mich aufrecht hinzusetzen. Der Schwan inspiziert mit geübtem Auge mein schwimmendes Refugium. Ich ziehe den Bauch ein. Dann schnaubt er zweimal und blickt schließlich auf meinen rechten Zeh.

Der aufkeimende Verdacht, dass sich der gefiederte Wassergenosse lediglich auf der Suche nach essbarem Touristenausstoß befindet, gibt mir die kurz verlorene Bootseigner-Souveränität zurück und der Schwan purzelt augenblicklich in der Wasserhierarchie hinunter auf eins über Ente.

Ich versuche, ihn davonzuscheuchen, und als er sich mit bedrohlichem Fauchen dagegen wehrt, schalte ich auf »2« und summe Richtung Ostufer davon.

Das Wasser gluckst unter dem Kunststoffboot hindurch.

Über den See weht der Geruch von gemähter Wiese.

Die Wasseroberfläche ist glatt, wie flüssiges Glas.

In der Ferne spiegeln sich die Bäume am Ufer in perfekter Symmetrie. So sehe ich den Himmel zweimal. Oben und unten. In der Mitte der doppelte Wald. Schwerelos.

Mein Boot gleitet auf die Reflexion zu.

Ich schwebe.

Irgendwann werde ich nicht mehr sein.

Irgendwann löse ich mich auf.

Irgendwann trete ich diese Stufe hinab oder hinauf.

Dann wird mein kleiner Motor stehen bleiben, der bis zu diesem Zeitpunkt so fleißig seine Arbeit verrichtet hat.

Er ist mit allem Möglichen gespeist worden: mit Toastbrot, Nutella, Chips (in verschiedenen Geschmacksrichtungen), mit Mettwurst ohne Gurkenscheiben, mit Cola light und Schokolade. Er wird mit Nudeln gelaufen sein und Hähnchen, mit Tic Tac und Pommes frites. Er wird nie durch Alkohol beschleunigt oder durch Nikotin und Teerrückstände gebremst worden sein. Er wird einfach stehen bleiben, und in demselben Moment wird alles gelöscht werden. Alle Daten. Alles.

Dann verabschiedet sich die Masse meines Körpers. Und das sehr langsam. Als müsse der Körper betonen, wie schwer es ihm fällt, dieses Leben hinter sich zu lassen. Ein Heuchler, bedingungslos der Schaltzentrale im Kopf ausgeliefert.

Die beiden haben sich noch nie verstanden. Eine Zwangsgemeinschaft, deren Ende nur einer von beiden bestimmen konnte.

Der Körper wird sich fügen müssen.

Irgendwann.

Er wird – wahrscheinlich sogar ohne es gewollt zu haben – die physischen Voraussetzungen für seinen vorzeitigen Abgang geschaffen haben. Er hat pflichtbewusst den Ast abgesägt, auf dem er sitzt. Seine Beine haben nie unbekümmert in der Luft gebaumelt. Das war ihm nicht vergönnt.

Im Fall – aber erst dann – wird sich der Körper mit der Schaltzentrale versöhnen.

Während die Arme in der Luft rudern und die Beine strampeln, werden sich die beiden Streithähne einigen.

Den Abgang zelebrieren sie gemeinsam, als Team.

Immerhin.

Eine ältere Frau mit Badekappe schwimmt an meinem Boot vorbei. Mitten auf dem See.

Ich blicke ihr nach.

Sie hat das andere Ufer fest im Blick.

11. August

Von gestern habe ich einen Sonnenbrand mit in die Stadt genommen.

Ich dusche heute Morgen lauwarm, um den Schmerz auf einem erträglichen Grad zu halten.

Ich hebe den Kopf, lasse mir das Wasser aufs Gesicht prasseln und wünschte, ich wäre selber auf die Idee gekommen, den Regen am Chinesischen Turm einfach zu genießen – wie Yvonnes Stecher –, anstatt unter dem Vordach der Brotzeitbude erfolglos meine Wampe einzuziehen.

Ich blicke nach unten.

Das Wasser fließt an mir hinab, über meinen runden Bauch. Ein kleiner Strudel wirbelt um den Nabel herum. Meine Zehen kann ich nicht sehen. Ich überlege kurz, ob ich in die Dusche pinkeln soll.

Ich bin mir nicht sicher, ob sich Yvonnes Verhalten mir gegenüber verändert hat seit unserem Blickkontakt im Englischen Garten. Sie hat mich gesehen. Es ist nicht rückgängig zu machen: Ihr dicker, eigenartiger Kollege aus der Bank hat sie im Biergarten heimlich angeglotzt – in inniger Umarmung mit einem Baum.

Ich drehe die Brause ab und horche, wie die letzten Tropfen widerwillig gluckernd den Duschkopf verlassen.

Regungslos stehe ich im Duschnebel.

Die Glasscheibe der Dusche ist von innen beschlagen. Das Handtuch hängt an seinem Halter neben dem Waschbecken und wartet auf mich.

Ich drücke den Bauch gegen die beschlagene Scheibe und trete zurück: Er hat einen kreisrunden Fleck auf dem Glas hinterlassen. In der Mitte der Abdruck meines Nabels.

Ich stehe im Hinterhof eines Fitness-Clubs irgendwo im Gärtnerplatz-Viertel neben einer Mülltonne.

Ein süßlicher Duft strömt aus dem Container. Süßlich-faulig. Aasig.

Ich mache den Deckel vorsichtig zu, sehr bedacht, dabei kein Geräusch zu machen, aber offenbar trotzdem laut genug, um irgendein kleines Lebewesen raschelnd in die Flucht zu schlagen.

Es ist immer noch so warm, obwohl es schon nach zehn Uhr sein muss. Jemand dilettiert irgendwo auf einem Saxophon herum. Die hinausgeblasenen Töne irren etwas verlegen durch den Hinterhof.

Diesem Instrument wird bei seinem Erwerb wahrscheinlich ein atmosphärischer Freifahrtschein beigelegt: Jedes halbwegs ernstzunehmende Geräusch, das diesen Messingkörper verlässt, verströmt ... ja ... Atmosphäre und Einsamkeit.

Die Fahrradständer sind alle belegt. Sein Superbike steht ganz links am Rand. Ich habe es sofort erkannt.

Von oben dringt Licht in den Hof und das rhythmische Geschrei eines Fitnesstrainers. Figuren am Fenster, die Hanteln ablegen. Stimmen. Gekicher. Retortenmusik, die dem stupiden Gewichtheben die Monotonie nehmen soll.

Das Fenster wird geschlossen.

Das Saxophon und ich sind jetzt allein im Hof.

Ich blicke nach oben in den Himmel: ein Ausschnitt nur, eingerahmt von den umliegenden Gebäuden.

Sternenklar.

Der Große Wagen ist komplett zu sehen.

Aus einer der oberen Etagen höre ich eine Frauenstimme schimpfen und direkt über mir gießt jemand seine Balkonpflanzen. Das überschüssige Wasser tropft hinunter, auf den Deckel des Müllcontainers.

Eine Tür wird geöffnet. Stimmen. Jemand verabschiedet sich. Schritte, die sich entfernen.

Ich sehe auf meine Armbanduhr, aber ich kann in der Dunkelheit die Zeiger nicht erkennen ... als er um die Ecke kommt.

Er bleibt bei seinem Fahrrad stehen und kramt aus seiner Sporttasche den Schlüssel hervor. Er trägt einen weißen Trainingsanzug.

Ich ziehe das lange, dünne Metallstück aus der Innentasche meiner Jacke und gehe auf ihn zu.

Plötzlich wird im Nachbargebäude ein Licht angeschaltet. Wahrscheinlich im Treppenhaus.

Er schaut auf, und da treffen sich unsere Blicke.

Eine Tür fällt ins Schloss. Jemand hat das Nachbarhaus verlassen.

Das silberne Kreuzchen an seiner Halskette blinkt kurz im Halbdunkel auf.

Er sieht mich wortlos an: Vor ihm steht das perfekte physiognomische Feindbild, das es da oben in der ersten Etage, in seinem Sportclub, zu bekämpfen gilt. Entsprechend freundlich herablassend verändert sich jetzt sein Gesichtsausdruck. Mit einer kurzen, kräftigen Bewegung ramme ich ihm die Fonduegabel in die Brust. Und auch hier ist wieder keine Überraschung zu verzeichnen.

Aber ein Erkennen.

Ein Erinnern.

Er öffnet leicht den Mund. Seine dunklen Haare sind

frisch geduscht. Er riecht nach irgendeiner Bodylotion, die mich an meinen einzigen Italienurlaub erinnert.

Dann lässt seine Haltung nach. Der Schlüssel, der sein Fahrradschloss öffnen sollte, fällt ihm aus der Hand. Er sackt langsam zusammen, mit einem fragenden Blick, ohne mich aus den Augen zu lassen.

Ich fange ihn im Fall auf, damit sein Kopf nicht auf dem Teer aufschlägt. Dann liegt er auf dem Boden.

Ich stehe jetzt über ihn gebeugt. Seine Beine sind noch angewinkelt.

Ich ergreife sie, lege sie parallel nebeneinander. Auf den beiden weißen *Converse*-Turnschuhen ist deutlich das Sternenemblem zu erkennen.

Er atmet ruckartig. Durch seinen gerade erst gestählten Körper zieht sich ein leichtes Zucken. Dann entspannt er sich.

Ich beuge mich ganz nah über sein Gesicht und sehe ihn an.

Seine Augen sind aufgerissen.

Ich fange an zu weinen. Die Trauerflüssigkeit quillt pflichtbewusst aus den dafür vorgesehenen Drüsen, sammelt sich auf meinen unteren Augenlidern, bis die – durch den hohen Salzanteil ohnehin geschwächte – Oberflächenspannung aufgibt und der erste Tropfen sich von mir löst.

Meine rechte Träne fällt in sein linkes Auge.

Er blinzelt zwei, drei Mal. Eine winzige Wohltat?

Seine Pupillen sind weit geöffnet. Bel' uomo.

Dann bricht sein Blick. Goodbye.

Das Licht im Treppenhaus erlischt.

11. August, nachts

Ich mache euch alle fertig.

Ich habe das Deppen-Los zugeschoben bekommen. Die Arschkarte!

Mir wurde zugeteilt (und darauf lege ich Wert, denn das habe ich mir von medizinischer Seite bestätigen lassen), als anlagebedingter Fettwanst durch die Gegend zu laufen. Meine Verdauung ist von der Natur mit akribischer Feineinstellung so justiert worden, dass ich fett bin.

Und bleibe.

Ich war als Kind schon fett. Und hässlich.

Die Hüter des Klischees konnten sich nicht einmal dazu durchringen, während der einzigen körperlichen Umbauphase, die jedem Menschen zusteht, aus der Made einen Schmetterling werden zu lassen. Nein, nein: Die Pubertät setzte bei mir spät ein und machte sich lediglich durch einen unmerklichen Verrutscher in der Stimmlage und reichlich Akne bemerkbar.

Und durch vermehrten Wuchs orangefarbener Haare.

Aber ich blieb hässlich.

Ich kann nichts dagegen tun. Ich kann färben, kämmen, Gel verwenden. Ich kann meine Figur in weiten Gewändern verbergen. Ich kann vortreten, mich provokant kleiden und keinen Hehl aus meinem Aussehen machen. Es ist alles sinnlos, ich bleibe hässlich, und ich weiß, dass ich hässlich bleibe.

Und das strahle ich auch aus.

Im Leistungsfach des Lebens wurde mir, wahrscheinlich von einem unbelehrbaren Optimisten, die Prüfungsaufgabe erteilt, ohne messbares Selbstbewusstsein mit meinen körperlichen Voraussetzungen umzugehen.

Ganz klar: Es gibt optische Kretins, die nicht nur die tollsten Frauen um sich scharen, sondern sogar jüngere, gut aussehende Geschlechtsgenossen um sich herum wie Fußvolk wirken lassen. Sie haben sich (wahrscheinlich aus ihrem Frust heraus) irgendwann dazu entschieden, laut zu sein. Und das wirkt! Beim lauten Gast buckelt der Oberkellner. Und sei es nur, um erneut Ruhe einkehren zu lassen. Und Ordnung. Um diese wiederherzustellen, erfüllt der Oberkellner jeden Wunsch.

Andere dicke Artgenossen hingegen brummen leise vor sich hin. Acht Zylinder. Sie machen kein großes Aufhebens um den Raum, den sie verdrängen. Aber man sieht hin. Man nimmt ihre Verdrängung wahr und nickt beflissen, wenn der Berg eine knappe Bemerkung absondert.

Menschen mit stattlicher Körperfülle hängt oft auch ein Funken Unfehlbarkeit an. Und damit arbeitet der Berg natürlich. Damit kann er nicht nur punkten, damit wiegt er ein ums andere Mal seine optischen Defizite auf.

Während diese Kollegen in ihrem Leistungsfach mühelos promovieren und – wie selbstverständlich – die Professur anstreben, habe ich mir schon im Frühstadium ein »Mangelhaft« eingehandelt, weil ich mich für die raffinierte Taktik entschieden habe, mich zeitlebens für mich selbst zu entschuldigen.

Meine ›Knastschlampen‹ haben schon geduscht, sie sind verhört und durchsucht worden, und sogar den Unten-ohne-Hofgang haben sie bei der Kälte tapfer durchgestanden. Der Hauch ihres Atems verrät die Temperatur.

Aber ich kann den Mädchen heute nicht die gewohnte Aufmerksamkeit zukommen lassen. Ich sitze regungslos vor dem Fernseher in meinem Sessel. In der rechten Hand halte ich noch immer die Fonduegabel. Mein leerer Blick löst sich vom Gefängnishof und fällt auf meine Faust.

Ich habe (und Yvonnes Stecher hat) eine Fonduegabel mit hellblauem Punkt erwischt. Die Knöchel meiner Hand sind noch immer weiß. Als ich das bemerke, lasse ich locker.

Ich führe die Spitze der Gabel vor mein Gesicht. Sie sieht unbenutzt aus. Beim Hinausziehen habe ich wohl den größten Teil des Bluts in der Wunde abgestreift.

Die Innenseite der beiden Zacken, die in kleinen Pfeilspitzen münden, ist jedoch rot. Und schon trocken. Und riecht nach nichts.

Diese beiden kleinen Spitzen haben in einem – sich unermüdlich bewegenden – Muskel gesteckt. Ganz kurz.

Sie haben diesen Muskel zum Stillstand gebracht.

Für immer.

Ich schließe die Augen. Meine Zungenspitze findet das schmale, kühle Stück Metall. Sie muss etwas enttäuscht feststellen, dass »salzig« nicht wahrzunehmen ist, und gibt an die hinteren Geschmacksknospen weiter. Und siehe da, diese bestätigen, (was die Vorhut nicht ahnen konnte): einen zartbitteren Geschmack.

Das Telefon klingelt.

Wie automatisiert blicke ich – wahrscheinlich weil es schon so spät ist – auf meine Armbanduhr: Es ist null Uhr.

Ich hebe ab, ohne etwas zu sagen. Und dann fragt mich eine (in meiner Verwirrung Vertrauen spendende) Stimme: »Ist da das Geburtstagskind?«

»Ja …«, sagt meine zartbitter-rote Zunge mechanisch, bevor der Rest von mir sich wundern kann, »… dass du daran gedacht hast.«

»Dafür hab ich doch meinen Kalender, du Dummerle!«, lacht Marlene, und dann klingelt es an der Tür.

Während meine rechte Gehirnhälfte noch mit dem Wort »Dummerle« beschäftigt ist, verabreicht mir die linke Hälfte eine Adrenalinzufuhr, die mich aus dem Sessel hebt und zur Wohnungstür schiebt.

Ich drücke auf das Schlüsselemblem meiner Sprechanlage und höre unten im Treppenhaus das leise Klacken, das meinem nächtlichen Besucher Zutritt gewährt.

Ich stehe an der Wohnungstür und horche.

Marlene steigt die Stufen hinauf. Sie sagt irgendwas. Wahrscheinlich beschwert sie sich leise über die Strapaze. Ich blicke durch den Türspion, da erscheint meine Kollegin aus der Bank auch schon in dem verzerrten Wasserglas-Bild.

Es klopft.

Ich warte. Horche.

Sie wartet.

Es klopft noch mal.

Wir warten.

Dann nähert sich – typisch weibliches Physikverständnis – ihr Auge meinem Türspion. Ich gehe nun ebenfalls ganz nah ran ans Guckloch und betrachte diese 180-Grad-Perspektive von Marlenes rechtem Kuhauge. Es starrt mich an, ohne mich zu sehen. Die wässrige Kugel blickt nun kurz nach rechts, dann nach links, dann auf mein Namensschild, wahrscheinlich, um sich zu vergewissern, dass sie in das richtige Loch glotzt.

Als sie sich wieder dem Spion nähert, öffne ich ruckartig die Tür und Marlene glaubt bestimmt, sie hat den Kopf noch rechtzeitig von der Tür zurückgezogen. Ich lasse sie in ihrem Glauben und unterdrücke die kleine Lust, sie deswegen auszulachen, denn zwei kurze Beobachtungen halten mich davon ab:

1. ihr Blick auf die Fonduegabel in meiner rechten Hand und

2. die hellen Lichtreflexe in ihrem Gesicht, die mich schlagartig daran erinnern, dass meine Freundinnen im Gefängnishof ihren vom Drehbuch auferlegten Rhythmus wieder gefunden haben müssen.

»Bist du allein?«, höre ich Marlene sagen und dann mich: »Natürlich.«

Der treue Schweißdunst, der ihr durch das Treppenhaus gefolgt ist, hat Marlene eingeholt und verteilt sich nun geräuschlos im Eingangsbereich meines Apartments. Jetzt erst fällt mir auf, dass sie etwas hinter ihrem Rücken verbirgt. Bevor ich mir ausmalen kann, was mich wohl erwartet, präsentiert sie mit einem spitzbübischen Lächeln eine Flasche *Nymphenburg*-Sekt. Cabinet. Das Glas der Flasche ist beschlagen.

»Alles Gute zum Geburtstag«, haucht Marlene, und dann versucht sie, mich auf den Mund zu küssen.

Gerade noch rechtzeitig reiße ich meinen Kopf zur Seite, und ihre Lippen treffen mich irgendwo in der Nähe des linken Ohrs. Dadurch komme ich zumindest in den akustischen Genuss dieser Liebkosung, der ich mich nicht weiter entziehen kann, weil der nächtliche Eindringling bereits seine Arme um mich geschlungen hat und mich festhält.

»Hat das Dummerle den eigenen Geburtstag vergessen«, höre ich sie flüstern.

Es folgt ein kräftiges Schnauben aus ihren Nüstern, das die Worte in mein Gehirn bläst. Marlene hat eine leichte Fahne und ist vom Treppensteigen noch ganz außer Atem.

Ich spüre, dass sie unter der Nase schwitzt. Ihre Wange klebt an meiner.

»Was guckst du denn da im Fernsehen an?«, fragt jetzt das feuchte Gesicht, und dabei lockert Marlene die Umklammerung unvorsichtigerweise ein wenig. Genug Spielraum, um mich aus ihren Armen zu winden und sie dann hilflos anzusehen.

»Entschuldigung«, befiehlt die Schaltzentrale, und dieses Wort gibt meine Sprechanlage an Marlene weiter.

»Ist das was über Abu Ghraib?«, höre ich noch, während ich schon ins Zimmer vorausgeeilt bin, um die Fernbedienung zu suchen.

»So was Ähnliches«, rufe ich und trete dabei auf die DVD-Schutzhülle meiner ›Knastschlampen‹, deren Darstellerinnen gerade etwas unschlüssig im Gefängnishof herumstehen, während sich zwei ihrer Mitinsassinnen gleichzeitig von einem Gummischlagstock penetrieren lassen. Ungeschickterweise drücke ich auf »Pause« und erst dann auf »Stop«, und Marlene sagt: »Dass die nicht mal vor Frauen haltmachen.«

Weil ich zeitgleich versuche, mich noch schnell der Fonduegabel zu entledigen, indem ich sie schließlich unbemerkt auf den Sessel werfe, bin ich mir nicht ganz sicher, ob Marlenes Bemerkung vielleicht ironisch gemeint war.

Marlene hat die Eingangstür inzwischen zugezogen und ist mir ins Zimmer gefolgt.

Wenn ich es mir recht überlege, habe ich hier noch nie Besuch gehabt.

Bei der Wohnungsübergabe war der Vormieter zugegen und der Hausmeister. Die Besichtigung des Kellerabteils hatten wir uns damals erspart, ein Umstand, der die drei Autoreifen an jenem Tag in meinen Besitz übergehen ließ. Zweimal war in all den Jahren ein Installateur da, um den Wasserhahn im Bad zu reparieren. Und als die Geschirrspülmaschine in der Wohnung über mir ausgelaufen war, kam jemand, um die Wasserflecken in meiner Diele zu beseitigen. Aber den Maler habe ich nie zu Gesicht bekommen, der Hausmeister bekam meinen Zweitschlüssel ausgehändigt; ich selbst musste währenddessen in meinem Glaskasten Geldscheine sortieren. Den Zeugen Jehovas habe ich nie Zutritt gewährt, obwohl ich das manchmal insgeheim bereue. Sie kamen stets zu Zeitpunkten, an denen ich für existentielle Gespräche empfänglich zu sein glaubte. Dennoch habe ich sie immer abgewiesen.

Ich beobachtete sie aber nach dem Schließen der Wohnungstür noch eine Weile durch den Spion, wie sie im Treppenhaus zunächst stehen blieben, ohne ein Wort zu wechseln. Die Zeugen Jehovas kamen immer zu zweit. Meistens Frauen im fortgeschrittenen Alter.

Nach einem kurzen Moment des Verharrens, des routinierten Verarbeitens der soeben erfahrenen Ablehnung durch einen weiteren unbekehrbaren Mitmenschen, machten sie sich auf, zur nächsten Tür.

Auf dem Weg zurück zum Sessel konnte ich durch die Wand dann das Klingeln an der Tür der Nachbarwohnung hören: ein letztes Insistieren, an mich gerichtet, eine erneute Herausforderung für die beiden. Und für den Nachbarn – falls er zu Hause war.

Marlene trägt (für ihre Figur unangemessene) schwarze Leggings und darüber eine teilkörperkaschierende weite

Bluse, ein modischer Schritt in die richtige Richtung, aber eben doch zu kurz, um die körperlichen Abweichungen von der erstrebten Norm hinreichend zu verbergen.

Marlene hält die Nymphenburg-Cabinet-Flasche fragend hoch, während ihr Blick durch meine Höhle wandert. »Gläser, natürlich«, sagt das dicke Geburtstagskind und hastet in die Küche.

Ich suche in den hintersten Reihen im Geschirrschrank nach Sektgläsern und kann es nicht fassen, dass das Schicksal mir ausgerechnet Marlene aufs Auge drücken möchte. Und mit welcher Beharrlichkeit! Als hätte ich das verdient. Als wäre Marlene der richtige Umgang für mich. Die Richtige. Die Passendste!

Ich fingere zwei verstaubte Gläser hervor und poliere sie kurz mit dem Geschirrhandtuch, während ich beschließe, ihr ein Kompliment für die hässliche Hose zu machen.

Als ich den Wohnraum wieder betrete, steht sie noch genauso da, wie ich sie zurückgelassen habe.

»Machst du ein Fondue?«, fragt sie mich.

»Wieso?«, werfe ich als Gegenfrage in den Raum und weiß die Antwort schon, bevor ich das Wort zu Ende gesprochen habe: Auf meinem Tisch steht der geöffnete Karton mit dem Fondueset aus dem Keller.

Ich lüge: »Ich hab kurz drüber nachgedacht, aber ich mag eigentlich gar kein Fondue – weder mit Käse noch mit Fleisch.«

»Ist das das Geschenk vom Leitmeier zu deinem 10-Jährigen?«, fragt sie jetzt.

»Ja«, sage ich.

»Wenn du kein Fondue magst, kannst du das Set ja mir geben …«, sagt Marlene, »… ich liebe Fondue!«

Ich nicke – das weiß ich genau –, aber diese Geste hat sie offenbar nicht als Zustimmung meinerseits gedeutet, sondern seltsamerweise als Aufforderung, sich zu setzen. Und damit lässt sie sich in meinen Sessel plumpsen, um unmittelbar darauf mit einem kurzen schrillen Quieken wieder aufzuspringen: In ihrem Hintern steckt die hellblau gekennzeichnete Fonduegabel.

Marlene ist zu geschockt, um schreien oder eventuell heulen zu können.

Sie dreht mir stattdessen hektisch atmend ihr Hinterteil entgegen: Die Gabel hat beim Eindringen ihre Bluse an die Leggings geheftet.

Geistesgegenwärtig greife ich nach dem Metallstück und ziehe es zum zweiten Mal in dieser Nacht aus einem menschlichen Körper. Dabei wiederholt Marlene mindestens den Laut, den sie beim Eindringen der Gabel von sich gegeben hat.

Ich starre auf die Innenseite der beiden Zacken: Wieder ist sie rot gefärbt.

Der Abend nimmt dann einen unerwarteten Verlauf: Marlene hat »kein Sitzfleisch« mehr, wie sie tapfer (aber mit Tränen in den Augen) sagt und verlässt kurz darauf meine Wohnung, nicht ohne den (ungeöffneten) Nymphenburg-Cabinet und das (wieder komplettierte) Fondueset mitzunehmen.

Durch den Spion sehe ich sie die Treppe hinunterhumpeln. Ich horche noch ihren Schritten hinterher, bis das Licht im Treppenhaus erlischt.

12. August

Heute Morgen bin ich schon eine halbe Stunde vor dem Wecker aufgestanden.

Ich habe die ganze Nacht von Yvonne geträumt und bin davon schließlich aufgewacht. Der Traum war eine nicht enden wollende Spirale: In ewigen Zyklen hat er sich wiederholt und dabei ständig ein bisschen verändert.

In den frühen Stadien lag ich auf Yvonne (in einem Bett, das nicht meines war) und versuchte, in sie einzudringen. Aber irgendetwas klappte nicht.

Sie war eigentlich sehr kooperativ und duftete auch nach *Shalimar*, aber trotzdem bekamen wir es nicht hin. Während der folgenden Traumellipsen haben wir es immer wieder versucht, immer vergebens.

Aber je größer der Frust über den nicht vollzogenen Akt wurde, desto besser fühlte ich mich in meiner Haut! Ich begann meinen Körper auf eine Weise zu spüren, die völlig ungewohnt für mich war, obwohl mich ein archaischer Funke ständig daran erinnerte, dass dieses Gefühl grundsätzlich schon immer bereitstand.

Ich blickte während einer dieser Traumrunden an meinem Körper hinab – im Liegestütz –, Yvonne unter mir, meine Hände rechts und links von ihren Schultern ins Bett gestemmt: meine durchtrainierte Brust gab in der Mitte den Blick auf meinen flachen, harten Bauch frei und dahinter ragte mein riesiger, perfekter Schwanz auf.

Während ich wieder versuchte, ihn in die für ihn bestimmte Öffnung zu schieben, und Yvonnes Hand mir dabei assistierte, ließ ich meinen Blick zurück in ihr Gesicht gleiten.

Ich war mir nicht sicher, ob die Selbstberauschung meine Sinne benebelt hatte oder ob es an Yvonnes Position lag, aber ihr Gesicht wirkte auf einmal aufgedunsen.

Das Hochgefühl riss die Aufmerksamkeit aber wieder an sich und veranlasste mich, noch mal an meinem Stahlkörper hinabzusehen, und wir versuchten erneut unser Glück.

So ging das immer weiter, und je härter ich wurde, desto wabbeliger wurde Yvonnes Körper.

Als ich sie wieder ansah, baumelte auf einmal das Kreuzchen meiner silbernen Halskette über ihrem Gesicht, und da sah Yvonne schon gar nicht mehr aus wie Yvonne. Bevor ich das Gesicht unter mir erkennen konnte, nahm ich aber noch etwas anderes wahr: einen Geruch, der mir irgendwie vertraut war. Der Geruch eines Körpers, der aufgrund mangelnder Beachtung und fehlender Kopulationsroutine vernachlässigt wurde. Ich spürte, wie ihre Hand meinen Schwanz umfasste und ihn jetzt endlich in ihre warme, weiche, nasse Scheide schob.

Aber irgendetwas stimmte nicht.

Mein Blick fiel wieder auf ihr Gesicht. *Marlenes* Gesicht!

Mit einem riesigen Satz sprang ich aus dem Bett, wahrscheinlich aus Angst, den Traum weiterträumen zu müssen (obwohl mir das auch in wünschenswerteren Situationen noch nie gelungen ist).

6 Uhr 30.

Als ich am Spiegel in der Diele Richtung Bad vorbeischlurfte, konnte ich mich vergewissern, dass der Traum keine körperlichen Veränderungen hinterlassen hatte. Außer einer Morgenlatte.

Ich stehe in der Straßenbahn, obwohl noch einige Sitzplätze frei sind.

Ich habe mich mit einem Zeigefinger in der Halteschlaufe über mir eingehakt: Die geringste Berührungsfläche mit dem öffentlichen Verkehrsmittel, bei einem gewissen Mindesthalt, der bei plötzlichen Bremsmanövern oder schärferen Kurven unverzichtbar ist.

Unter meinem anderen Arm klemmt meine Mappe.

Ich bin etwas stolz auf meinen Balanceakt trotz minimaler Sicherung und trübe die kleine euphorische Aufwallung gleich wieder, indem ich diese Situation mit meinem gegenwärtigen Leben vergleiche.

Ein Rentner starrt mich an. Schon eine ganze Weile. Völlig unverblümt!

Ich weiß gar nicht, wo ich hinsehen soll. Wahrscheinlich denkt er, dass ihm in seinem Alter gesellschaftliches Fehlverhalten nicht mehr zur Last gelegt werden kann, ähnlich einem Kind, das einen mit erbarmungslosem Blick niederstarrt.

Ich drehe mich etwas weg und sehe aus dem Fenster. Aber ich spüre den Blick des Alten. Die Tram fährt am Stachus vorbei. Ein paar Jungen machen sich einen Spaß daraus, durch die Wasserfontänen des Brunnens zu laufen. Am Rand stehen ihre Mädchen und kreischen vor Vergnügen.

Die Straßenbahn hält. Ein Großteil der Passagiere steigt hier aus und mindestens genauso viele steigen wieder ein. Ich wage im Hin und Her einen Blick zurück zu dem alten Mann.

Er ist verschwunden.

Um 8 Uhr 18 betrete ich die Bank und gehe geradewegs auf meinen Kassenraum zu. Ein paar Kollegen stehen beieinander, unter ihnen Thannhuber, Brunner, unser Filialleiter Leitmeier und Daphne.

Ich grüße im Vorbeigehen, dann schließe ich die Tür auf und betrete meinen Arbeitsplatz. Ich lege die Mappe ab, hänge die Jacke auf und lasse mich in meinen Drehstuhl fallen, den ich am Vorabend beim Hinausgehen wie immer in die Morgenposition gedreht habe.

Ich greife nach der Mappe und verstaue sie in dem Fach unter dem Schalter, dann blicke ich über die Urlaubspostkarte meines kinderreichen Cousins hinweg:

Um zum Tresor im Untergeschoss zu gelangen, in dem das abgezählte Tagesgeld auf mich wartet, muss ich jetzt noch mal an den Kollegen vorbei.

In diesem Moment gesellt sich Marlene zu ihnen. Jemandem, der nicht eingeweiht ist, würde bestimmt nichts Ungewöhnliches an ihr auffallen, aber ich bemerke sofort, dass sie etwas humpelt.

Umgehend wird sie in das Gespräch der anderen einbezogen.

Sie wird blass, dann schaut sie in meine Richtung. Bevor ich abtauchen kann, treffen sich unsere Blicke und sie winkt mich heran.

Ich stelle mich blöd und zucke mit den Schultern, aber dann wiederholt sie die Geste so ausladend, dass nun die gesamte Runde aufmerksam wird und in meine Richtung gafft.

Ich nicke und stehe auf. Bevor ich meinen Kassenraum verlassen habe, ist mein Gesicht schon knallrot angelaufen. Um den Farbton zu halten, bleibe ich beim Zuschieben der

Kassentür noch kurz mit dem Ärmel am Türknauf hängen. So habe ich die ungeteilte Aufmerksamkeit der Kollegen, als ich die letzten Schritte auf sie zugehe, und meine Teilnahme an der Gesprächsrunde bekommt dadurch ein unerwartetes Gewicht.

Yvonnes Freund Claudio (so hieß der also!) sei tot aufgefunden worden, informiert mich unser Filialleiter mit pathetisch-pastoralem Timbre in der Stimme, »… im Hinterhof seines Fitness-Clubs. Neben einem Müllcontainer!«

Ich entscheide mich für Sprachlosigkeit vor Entsetzen, und das wird mit gebührendem Respekt zur Kenntnis genommen. Dann entfährt mir noch ein leises »Mein Gott«, bevor ich mir mit meinen beiden Händen linkisch durch die Haare fahre (denen ich inzwischen beinahe wieder ihren Originalton verpasst habe). Marlene nutzt die Gelegenheit, um mir tröstend eine Hand auf die Schulter zu legen.

Mein Blick wandert durch die Gruppe der Trauernden. Thannhuber hat sich dazu entschieden, seine Fassungslosigkeit durch permanentes Kopfschütteln zum Ausdruck zu bringen. Daphne wirkt wie versteinert. Brunner steht daneben, sucht den Blickkontakt mit ihr. Leitmeier flüstert mir dann noch »Alles Gute zum Geburtstag« zu, bevor das Klopfen der ersten Kunden unsere betretene Runde auflöst.

Auf dem Weg die Stufen hinab zum Tresorraum beschließe ich, die Sammelaktion für Yvonnes Trostgeschenk selbst zu organisieren.

13. August, abends

Es regnet.

Und es riecht schon nach Herbst.

Ein Personenzug rattert in der Ferne davon.

Die zugestiegenen Fahrgäste haben inzwischen ihr Abteil gefunden und ihren reservierten Sitzplatz. Sie haben Koffer oder Tasche im Gepäckfach verstaut und nehmen einem Fremden gegenüber Platz.

Den Rest der Fahrt wird der Fahrgast vermutlich mit Lesen zubringen, unterbrochen von gelegentlichem Aus-dem-Fenster-Gucken. Ein kurzer Blickkontakt mit dem Gegenüber wird nicht zu vermeiden sein. Im schlimmsten (oder besten) Fall wird vielleicht sogar ein Wort gewechselt.

Das Erscheinen des Fahrkartenkontrolleurs wird irgendwann den obligatorischen kleinen Schrecken im Abteil verbreiten.

Aber noch ist es nicht so weit.

Jetzt hat man sich erst einmal gesetzt und blickt aus dem Fenster. Die Regentropfen wandern an der Scheibe entlang. Das Gegenüber blickt auch aus dem Fenster. In der Reflexion der Scheibe ist sein Gesicht zu erkennen. Schon ist man bemüht, diesen indirekten Blickkontakt zu vermeiden, und konzentriert sich auf die Lichter der Stadt München, die an einem vorbeiziehen.

So viele helle Punkte. So viele Glühbirnen. Jede davon ist von irgendjemandem angeknipst worden, um irgendetwas zu beleuchten. Ein Licht wurde von Yvonne angeschaltet.

Ich stehe im Regen hinter meinem Pampasgras und starre auf das hell erleuchtete Fenster ihres Wohnzimmers. Sie sitzt auf dem Sofa, die Beine angezogen und darüber die Arme verschränkt. Sie blickt völlig apathisch aus dem Fenster in meine Richtung.

Ich bewege mich nicht. Ich wage kaum zu atmen.

Das Rattern des Zuges wird immer leiser, dann hat er die Stadt verlassen. Auf einmal ist es ganz still. Nur der Regen bleibt.

Das Display ihrer Stereoanlage flackert. Sie hört Musik.

Vielleicht »ihr« Lied?

Ich bin doch da.

Ich bin doch ganz nah.

Ich fange dich auf in deinem Schmerz.

Du wirst deinen Claudio ganz schnell vergessen haben.

Ihr wart so kurz zusammen, das war noch keine Liebe.

Ich kann dir das Gefühl geben, *wirklich* geliebt zu werden!

Ich habe mein ganzes Dasein damit verbracht, um diesen Moment zu erleben. Den Moment, an dem ich jemanden in den Arm nehme.

Es ist doch so leicht, mein Liebling.

Plötzlich steht Yvonne auf. Sie schaltet die Stereoanlage aus, dann geht sie auf die Glastür zu und schiebt sie auf. Sie atmet die frische Luft ein. Dann macht sie einen Schritt auf die Terrasse und bleibt stehen.

In diesem Moment entdeckt sie mich.

»Ich bin's!«, sage ich vorsichtshalber und trete hinter dem Grasbüschel hervor.

»Hallo …«, sagt sie kraftlos, aber gar nicht überrascht. Ich meine sogar einen Hauch von Freude über mein Erscheinen herauszuhören.

Etwas unentschlossen stehe ich neben dem Pampasgras herum, bis sie endlich »Komm doch her« sagt.

Ich gehe über den nassen Rasen auf die Terrasse zu, bis ich vor ihr stehe: »Ich hab mir gedacht, dass du vielleicht mit jemandem reden willst«, höre ich mich sagen. »Aber ich hab mich nicht getraut zu läuten.«

»Das ist lieb von dir«, sagt Yvonne.

Die Regentropfen fallen in ihr Gesicht. Sie scheint es gar nicht zu bemerken. Viele kleine Tränen.

Völlig überwältigt breite ich die Arme aus, gerade als sie wieder ins Haus gehen will. Höflich sieht sie über mein schlechtes Timing hinweg und lässt die Umarmung über sich ergehen.

Sie fühlt sich so zart an, so dünn. Sie ist so leer. Sie riecht so müde.

Ich bin doch da.

Ich bin doch da.

Ich löse die Umarmung, bevor sie es tut.

Sie wischt sich die Tränen oder den Regen aus dem Gesicht und sieht in die Richtung, in die vielleicht der Zug die Stadt verlassen hat.

»Was mach ich denn jetzt?«, weint sie, »… was mach ich denn jetzt?«

Ich möchte ihr sagen: »Du wirst schon etwas Besseres finden«, aber mein Mund sagt: »Geh erst mal rein, du erkältest dich noch.«

Sie nickt und schlurft zurück.

An der Glastür bleibt sie stehen und dreht sich zu mir um. Dadurch hat sie mir unmissverständlich klargemacht, dass sie keinen Wert darauf legt, mich in der Wohnung zu haben.

»Danke«, sagt sie.

Immerhin.

»Jetzt geh nach Hause, bevor *du* dich erkältest.«

Und dann gewährt sie mir die maximale körperliche Zuneigung, die sie für mich aufbringen kann: Sie reicht mir die Hand.

Ich greife nach dem Strohhalm und halte ihn so lange fest, bis sie ihn mir entzieht.

Sie versucht ein artiges Lächeln, dann schiebt sie mir die Tür vor der Nase zu, als würde ich den Weg aus dem Garten ja schon kennen.

14. August

Ich mache mich ganz klein, rolle mich zusammen, wie ein Kätzchen. Ich halte mir die Hände vor die Augen, damit kein Licht von außen in mich eindringt.

Es ist irgendwann am späten Vormittag. Ich bin heute einfach nicht zur Arbeit gegangen. Um 8 Uhr 33 hat das Telefon zum ersten Mal geläutet. Ich bin nicht drangegangen. Dann ein weiterer Anruf um 8 Uhr 39, dann folgten noch einige im Zehn-Minuten-Takt, bis kurz nach halb zehn. Dann nahm die Häufigkeit langsam ab, bis wieder Ruhe einkehrte. Und jetzt hat es an der Tür geklingelt. Sturm.

Hätte ich ahnen können, dass das Interesse meiner Mitmenschen an mir geweckt wird, wenn ich nicht mehr da bin?

Es folgt die nächste Klingelattacke. Ich vergrabe meinen Kopf unter dem Kissen.

Ich trage noch immer die Klamotten vom Vorabend. Gestern Nacht habe ich noch mal die Wohnung verlassen. Ich hatte es bei – und mit – mir nicht mehr ausgehalten. Stundenlang bin ich durch die Straßen gestrichen – die Regenwolken hatten sich verzogen – und habe mich schließlich auf eine Bank neben meiner Kirche gesetzt und die vier Engel über dem Portal betrachtet, bis sich ein Penner zu mir gesellte, um mich in eines seiner Selbstgespräche zu verwickeln. Irgendwann stand ich auf, um seinem Geschwätz und dem Gestank nach Schweiß und Pisse zu entkommen, und schlenderte ohne Eile um die Kirche herum, die noch immer in ein Gerüst gehüllt ist. Die beiden quadratischen Türme erinnern entfernt an ein zu internationalem Ruhm gekommenes Äquivalent. Der Volksmund soll dem Bauwerk deshalb den Beinamen »Notre Dame an der Isar« gegeben haben.

Auf dem Weg nach Hause habe ich den Entschluss gefasst, abzunehmen. Endgültig.

Gegen vier Uhr bin ich in mein Apartment zurückgekehrt. Seitdem liege ich wach im Bett.

Das Klingeln an der Wohnungstür hat endlich aufgehört. Ich schiebe das Kissen zur Seite. Die Mittagssonne strahlt mir direkt ins Gesicht. Ich stehe auf und ziehe mich aus. Ich gehe durch die Diele ins Bad, ohne mich im Spiegel anzusehen. Ich dusche, ziehe mich an, klemme mir die Mappe unter den Arm und eile aus der Wohnung, um die Tram um 11 Uhr 46 zu erwischen.

Filialleiter Leitmeier war eingesprungen. Er hat die Kasse übernommen. Sein leicht gerötetes Gesicht verrät, dass ihm das Hantieren mit Bargeld entweder Freude oder Angst gemacht haben muss. Mein fiebriger Anfall mit Arztbesuch scheint als glaubwürdig durchgegangen zu sein, und nach der Mittagspause läuft alles wieder in geregelten Bahnen.

15. August

Ich schiebe den Einkaufswagen an einer erdrückenden Auswahl von Milchprodukten vorbei. Da ich ab heute auf Diät bin, lasse ich mich davon nicht beeindrucken und steuere die fade Obst- und Gemüseabteilung an.

Bereits beim Betrachten des Angebots protestiert mein Körper, weil er ahnt, dass die in Aussicht gestellte Versorgung den Zuckerspiegel nicht wird aufrechterhalten können. Meine Schaltzentrale übergeht diesen kläglichen Versuch einer Revolte und lässt ihren Knecht nach Gurken greifen, nach blassen Tomaten, frühen Trauben und Lollo Rosso.

Apfelsaft aus der Tüte, keine Chips, keine Schokolade, dafür ein Döschen Süßstoff, Knäckebrot, dazu keine Butter. Waschpulver und Klopapier.

Die strategisch aufgereihten Schokoriegel im »Warum-eigentlich-nicht-Regal« an der Kasse lächeln mir vergeblich zu, und das Förderband zieht meinen – durch Querhölzchen vom Kunden vor und hinter mir peinlich abgetrennten – Verzweiflungseinkauf der seelenlosen Kassiererin entgegen. Sie schiebt die Trostlosigkeiten über den Scanner und teilt mir eine Summe mit, die ich mit einem leichten Hüsteln begleiche, um das Knurren meines Magens zu übertönen.

Ich packe alles in meine Stofftasche und schiebe den Einkaufswagen zurück in seine Kollegen. Der Pfandeuro wandert wieder in den Geldbeutel.

Schon habe ich die erste Etappe meines neuen Lebensabschnitts überstanden.

Ich trete hinaus auf die Straße und atme einmal tief durch.

Noch berühren sich meine Oberschenkel.

Noch habe ich kleine Schweißperlen auf der Stirn.

Noch musste ich mich zwischen Einkaufswagen und Kasse hindurchzwängen.

Noch sehe ich meine Zehenspitzen nicht.

Noch bin ich ich.

Samstagnachmittag.

Es ist leicht bewölkt. Ein Zeppelin kreist über der Stadt. Ich gehe mit meinem Einkaufsbeutel an der Isar entlang. Ein paar Inlineskater zischen an mir vorbei.

Noch nimmt mich niemand wahr.

Ich denke an meinen Traum. Im Bett mit Yvonne. An diesen archaischen Funken, der mir signalisierte, dass dieses Glücksgefühl für mich bereitsteht. Dass es einen Weg gibt. Dass es nur an mir liegt, diesen Weg zu finden und ihn einzuschlagen.

Ich komme.

Ich stehe an der Fußgängerampel und warte, bis aus dem roten Männchen ein grünes wird und mir erlaubt, die Straße vor meinem Wohnbunker zu überqueren.

Ich blicke an dem Gebäude hinauf. Der Architekt hat sich damals – irgendwann in den Fünfzigern – verzweifelt Mühe gegeben, dem funktionellen Zweckbau eine künstlerische Note zu verleihen. Immerhin ist es ihm gelungen, ein (im Stil der damaligen Zeit) geschwungenes Vordach am Eingang, gegen den selbst auferlegten Pragmatismus, durchzusetzen. Die Fenster des Treppenhauses hat er dann (im Überschwang der wiederentdeckten Leidenschaft für seinen Beruf) mit einer Andeutung von französischen Balkonen versehen. Durch diese Nachgiebigkeiten müssen ihm erst recht Zweifel an seiner Arbeit gekommen sein, und in seiner Zerrissenheit beauftragte er nun einen Maler, die kahle, abweisende Fassade mit einem riesigen Schlangenemblem zu verzieren. Dem Symbol der Verführung. Der Verführung, diesen Bauauftrag gegen seine ästhetische Überzeugung angenommen zu haben.

Die folgenden Jahre und Jahrzehnte hat der Architekt diese Straße wohl gemieden, um nicht irgendwann an dieser Ampel zu stehen und an seinen Selbstbetrug erinnert zu werden.

Grün.

Das Männchen geht über die Straße auf das Haus zu und schließt die Eingangstür auf.

Wie oft mache ich das noch? Wie oft stört mich noch der Kinderwagen, der hier immer im Eingangsbereich steht? Wie oft öffne ich dann den Briefkasten, um mich zu vergewissern, dass es sich nicht gelohnt hat?

Ich quetsche mich an dem Kinderwagen vorbei, öffne den Briefkasten und vergewissere mich, dass es sich nicht gelohnt hat. Ich nehme die Werbebroschüren, die Homeservice-Speisenkarte eines Thai-Italo-Spaniers und irgendein Käseblatt heraus und stopfe sie in meinen Beutel mit den Diäteinkäufen. Dann mache ich mich an den Aufstieg.

Ich kenne jede Stufe dieses Treppenhauses. Zwischen der ersten und der zweiten Etage ist in der fünften Stufe ein Sprung, der wie die Insel Sylt aussieht. Sieben Stufen höher ist eine Ecke aus der Steinfliese herausgebrochen und auf der vorletzten Stufe hat sich irgendwann im Winter ein grünlicher Fleck dazugesellt, dessen Herkunft ich mir nicht ausmalen möchte, der aber hartnäckig den Bemühungen der Putzfrau Widerstand leistet.

Mit leicht erhöhtem Pulsschlag und etwas außer Atem bleibe ich vor meiner Wohnungstür stehen und stecke den Schlüssel ins Schloss. Ich betrete mein Apartment und schiebe die Tür mit dem Hintern zu.

Es gibt kein Zurück mehr. Die Aussicht, das Wochenende ohne Chips bestreiten zu müssen, lässt meine Laune sofort sinken.

Ich schlurfe in die Küche und beginne die Einkäufe auszupacken. Gerade will ich den Papierkram aus dem Briefkasten in den Abfalleimer werfen, als ein Brief auf den Boden fällt. Er muss sich in einer der Werbebroschüren versteckt haben. Beinahe hätte er es geschafft, meine Wohnung unentdeckt auf dem Entsorgungsweg wieder zu verlassen.

Ein rosafarbener Umschlag. Die Schrift kenne ich nicht, meine Adresse wurde in Blockbuchstaben darauf gemalt. Ich wende den Brief. Auf der Rückseite pappt ein Snoopy-Aufkleber. Der Hund hält in der Pfote einen Luftballon mit einem Herz darauf. Er blickt mich mit den beiden Punkten an, die ihm sein Schöpfer zugestanden hat. Sein Gemütszustand wird durch die Form seines Mundes übermittelt: Ein wellenförmiger Strich. Snoopy scheint sich nicht richtig wohlzufühlen. Es sieht so aus, als hätte ihn jemand gezwungen, mit diesem Luftballon zu posieren. Unfreiwillig zum Grußboten ernannt. Vielleicht ist ihm auch das Herz peinlich.

15. August, abends

Ich sitze am Tisch vor meinem Abendessen. Auf dem Teller ein paar Gurkenscheiben. Daneben eine aufgeschnittene unreife Tomate. Vielleicht, um meinen Appetit anzuregen oder um mich zu trösten, habe ich die Gemüsestückchen etwas dekorativ angeordnet.

Ich denke an den Vari und seinen Speiseplan. Dann beiße ich in das Knäckebrot und spüle die trockenen Brösel mit einem Schluck Apfelsaft hinunter. *Wer schön sein will, muss leiden* heißt der abgenudelte Spruch, und schon jetzt bin ich mir sicher, dass sich dahinter kein tieferer Sinn verbergen kann.

Ich werfe noch mal einen Blick auf Marlenes Brief, der neben meinem Teller liegt.

Wir müssen uns sehen, schreibt sie. *Ich halte es zu Hause nicht mehr aus. Ich muss mit jemandem reden. Irgendein Wahnsinniger bringt die Liebhaber von unseren Kolleginnen um. Einen nach dem anderen. Ich habe so eine Angst. Um Dich. Wir sind doch auch befreundet. Vielleicht beobachtet er uns? Vielleicht bist Du der Nächste! Was sollen wir tun? Können wir uns bitte, bitte nach der Arbeit treffen!!!*

Und dann noch: *Es drückt Dich ganz feste: Marlene.*

15. August, nachts

Die Kreatur beendet ihren Samstagabend als interaktiver Gast des ›Wilden Harems, Teil 2‹ (welcher sich auch nach mehrfacher Begutachtung nicht wesentlich vom ersten Teil unterscheiden will). Aber noch während der Haremsbesucher sich seiner doppellagigen Teilnahmebestätigung entledigen möchte, indem er sie ins Klo wirft, kommt ihm der Brief seiner ungeliebten Arbeitskollegin wieder in den Sinn. Wie saures Aufstoßen.

Schnell betätigt er die Klospülung, um Onans Tagewerk hinunterzuspülen. Es hilft alles nichts: Auf Marlenes Zeilen muss er reagieren.

Ich konnte die ganze Nacht nicht schlafen. Nicht richtig. Obwohl Sonntag ist. Jetzt, am Morgen, bin ich mir nicht sicher, ob ich während der ewigen wachen Stunden irgendwann auch ein paarmal weggedämmert bin oder ob ich die immer wiederkehrenden Gedanken bei vollem Bewusstsein gedacht habe. Um den Strapazen der Nacht noch nicht einmal einen Beigeschmack zu geben (positiv oder negativ), hat meine Schaltzentrale beschlossen, dass ich mich an gar nichts, an überhaupt nichts erinnern darf.

So steige ich gerädert aus dem Bett, ohne zu wissen wovon.

Ich stehe in meinem Apartment – mit diesem Gedankenkater – und höre die Kirchturmuhr schlagen. Eine ganze Weile. Eine zweistellige Stunde.

Ich ziehe den Vorhang zur Seite und erschrecke dabei zwei Tauben, die es sich auf meinem Fenstersims gemütlich gemacht hatten. Sie fliegen aber nicht davon. Wahrscheinlich weil es regnet. Sie blicken mich kurz empört an, dann reiben sie ihre Schnäbel aneinander und verweisen mich dadurch auf die Position eines Spanners. Dann richten sie ihren Blick wieder zurück auf die Straße.

Der nichtselbstständig Beschäftigte lässt sich dadurch seinen vertraglich genehmigten vierten freien Tag in der 33. Kalenderwoche nicht vergällen und bewegt seinen heute noch nicht, aber bald der Norm genügenden Leib Richtung Bad.

Ich drehe die Dusche an und streife die Unterhose ab.

Es dauert immer eine Weile, bis das Wasser heiß wird. Ich

nutze die Zeit und steige auf die Waage. Ich habe noch kein Gramm abgenommen.

Ich trete vor den Spiegel und betrachte mein Gesicht. Ein runder, verschlafener Kopf. Die Augen aber, die Augen blicken mich hellwach an. Diese Augen sind nie müde. Diese Augen haben ein Ziel. Diese Augen lassen sich nicht unterkriegen. Diese Augen haben schon so vieles gesehen: So viele freundlich herablassende, so viele spöttische Blicke. So viele peinliche Situationen. So viele unerreichbare Frauen. Und ebenso viele männliche Artgenossen, die der Schöpfer mit allem ausgestattet hat. Mit allem, was man benötigt, um dabei zu sein, um wahrgenommen zu werden. Mit allem, was mir fehlt.

Der Duschnebel breitet sich im Bad aus und mein Spiegelbild beginnt sich allmählich zu trüben. Ich bleibe so lange vor dem sich beschlagenden Spiegel stehen, bis mein Gesicht verschwunden ist.

Ich sitze in einem Straßencafé an der Leopoldstraße.

Ausnahmsweise.

Davor war ich im Zoo, aber das Affenhaus war heute »wegen Reinigungsarbeiten« geschlossen. Am Wochenende!

Ich dachte an den Vari und stellte mir vor, wie er wohl von seinem Ast aus dem Personal beim Putzen zusieht.

Oder hatte man ihn aufgrund dieser Maßnahme weggesperrt?

Meinen Ausflug musste ich jedenfalls abbrechen.

Und was nun?

Als Alternative kam mir die eigene Spezies in den Sinn, und die beobachte ich jetzt bei einer lauwarmen Tasse Tee ohne Zucker.

Mir knurrt der Magen.

Ich sitze in der dritten Reihe. Die Stühle sind nicht etwa so ausgerichtet, dass man sich am Tisch gegenüber säße, um Konversation zu betreiben; nein, sie sind so aufgestellt, dass man Leute beobachten kann. Die Passanten wiederum wissen, dass jeder ihrer Schritte überprüft wird, dass ihr Auftritt auf dem Cat-Side-Walk den gazettenerprobten Blicken einer Tagesjury standhalten muss.

Bevor ich den Gedanken zu Ende gedacht habe, bin ich bereits in das Gremium aufgenommen worden und sehe nun in die Richtung, die mein Stuhl für mich bestimmt hat. Und beobachte.

Eine Mutter schiebt entschuldigend ihr plärrendes Kind im Kinderwagen vorbei.

Ein schmaler, außergewöhnlich großer Mann versucht sich unsichtbar zu machen, indem er vornübergebeugt vorbeihastet und sich dabei unmotiviert am linken Ohr kratzt.

Eine sehr attraktive Blondine wagt eine gemächlichere Gangart. Langsam genug, um die Jury davon zu überzeugen, dass nicht mehr alles an ihr dem Original entspricht, das der Herrgott vor geraumer Zeit ins Rennen geschickt hatte.

Ein gut gebauter Irgendwas erscheint. Unrasiert. Schlampig teuer gekleidet. Er schlendert lässig an uns vorbei.

Auf einmal stehen *wir* unter *seiner* Beobachtung! Wo bleiben seine Augen hängen?

Im Vorbeigehen mustert er die Sitzenden, die ihn mustern. Er hält in grüblerischer Pose eine Hand ans Kinn. Seine Augen wandern in der Bewegung seines Ganges von Gast zu Gast.

Während ein Großteil der Cafébesucher nur gestreift wird, bleibt er bei einzelnen Personen hängen. Ganz kurz.

Oder etwas länger. Dieses minimale Innehalten verrät die selektive Wahrnehmung des Mannes. Mit jahrelang erprobtem Rasterblick suchen seine Augen in Sekundenschnelle die Gäste des Straßencafés nach potentiellen Kopulationspartnern ab.

Der ebenso erprobte Blick eines weiblichen Gastes wiederum prüft vielleicht den Vorbeigehenden. Bleiben die Augen der beiden aneinander hängen – eine kurze Ewigkeit länger als gewohnt –, durchströmt sofort eine Ladung Adrenalin die Körper.

Der Mann verlangsamt automatisch seinen Gang. Die Frau hält im Gespräch inne (und sei dies ein Gespräch mit ihrem männlichen Begleiter). Der Vorbeigehende hält den Blick mit seinem Opfer.

Vielleicht bleibt er stehen.

Vielleicht geht er einen Schritt zurück.

Vielleicht steht sie jetzt auf.

Vielleicht heiraten sie.

Vielleicht gehe ich jetzt nach Hause.

Vielleicht kurz nach zehn Uhr.

Vielleicht macht sich Brunner an Daphne ran.

Vielleicht merkt sie nicht, dass er auf dem besten Wege ist, sich als Witwentröster zu etablieren.

Vielleicht ist es so naheliegend, dass Daphne diesen Gedanken im Meer der Offensichtlichkeiten nicht denken kann.

Sie sitzt hinter ihrem Schalter und blickt völlig versunken auf eine Werbetafel in unserer Schalterhalle. Als wäre diese ein Fenster. Die Photographie an der Tafel wirbt für eine Bausparkasse, die in partnerschaftlichem Geschäftsverhältnis zu unserer Bank steht, um die potentiellen Darlehens-Schafe gleich an der Tränke abzugreifen.

Das Photo zeigt ein unerträglich perfektes Einfamilienhaus und im Vordergrund eine ebenso zielgruppenkonforme Kleinfamilie, repräsentiert durch einen etwas zu blonden Vater, eine brünette Mutter mit bewährtem Lächeln und zwei Kindern, einem Mädchen und einem Jungen, die etwas linkisch mit einem Gartenschlauch spielen. Diese Familie muss den Betrachter davon überzeugen, dass vollendetes Glück nur in dieser Konstellation möglich ist.

Ein kurzes Räuspern lässt mich aufschrecken. Marlene steht an meinem Schalter und schiebt mir durch den Geldausgabeschlitz ein Überweisungsformular zu. Verschwörerisch wird diese Aktion durch ihren starren Blick und zwei hochgezogene Augenbrauen. Dann ist sie auch schon wieder verschwunden. Ich werfe einen Blick auf das Überweisungsformular: In der Rubrik ›Begünstigter‹ hat sie eine Kurznachricht eingetragen: *Morgen, 17.10 Uhr vor der Bank.* Unter

›Verwendungszweck‹ steht: *Wichtig!* und in dem Feld, auf dem man unterschreiben soll, steht: *Marlene.*

Jemand, der nie so aussehen wird wie Tom Cruise, tritt jetzt an den Schalter und lässt sich 250 Euro von mir auszahlen. Ein kurzer Blick auf den Bildschirm meines Computers bestätigt mein untrügliches Gespür, dass dieser Geldfluss die vorerst letzte Bewegung auf seinem Konto sein wird.

Er kaut trotzdem lässig seinen Kaugummi und streift im Hinausgehen Daphne mit einem Blick. Als wäre sie »möglich«. Als habe er aber gerade keine Lust. Jedenfalls nicht heute. Aber irgendwann. Alles in *einem* Blick.

Brunners Kamm schwillt augenblicklich an und er zieht dazu sein Jackett aus, obwohl es ihm gar nicht zu warm ist. Aber wie soll er sonst zeigen, dass sein Hemd so eng sitzt.

Ich denke an den Vari im Affenhaus.

Sein Käfig ist wahrscheinlich schon geputzt.

Die Kacheln auf dem Boden blinken. Alles blitzblank.

Ob er wieder tagsüber schreit? Statt nachts?

Wird jemand sein Geschrei hören?

Wird es jemand verstehen?

Wird uns jemals jemand verstehen?

17. August, abends

Claudio Pertini hat sich meiner Telefonbuch-Aktualisierung entzogen, indem er sich zu Lebzeiten wohl für eine Geheimnummer entschieden hatte. Ich sehe ihm diesen kleinen Größenwahn nach und schlage das Telefonbuch unverrichteter Dinge wieder zu.

Die Ausgabe L – Z wandert zurück in das Regal in der Diele.

Dann gehe ich ins Bett.

18. August

Ich betrete die Filiale meiner Bank um 8 Uhr 23 durch den Nebeneingang. Leitmeier trifft mit mir im Windfang zusammen und begrüßt mich mit einem unterdrückten Nicken und einem gehauchten »Guten Morgen«, wahrscheinlich, um mich davon zu überzeugen, dass die Ereignisse der letzten Wochen nicht spurlos an ihm vorübergegangen sind. Ich tue es ihm gleich und gehe mit leicht gesenktem Haupt auf meinen Glaskasten zu. Dabei komme ich an Yvonnes Schalter vorbei. Er ist nicht besetzt. Leitmeier hat ihr bis auf weiteres freigegeben. Thannhuber zieht gerade sein Leinensakko aus und hebt zum Gruß den Zeigefinger in meine Richtung, bevor er verschwindet.

Ich betrete den Kassenraum, lasse mich auf meinen Sessel fallen und verstaue meine Mappe. Dann hole ich den Schlüssel und mache mich auf zum Tresorraum, um das Wechselgeld nach oben zu bringen. Ich gehe durch die Schalterhalle, öffne die Tür zum Untergeschoss und steige die Stufen hinab zum Tresorraum.

An Werktagen trage ich nie die handgenähten Lederschuhe. Diese Investition wird nur zu besonderen Anlässen, und damit am Wochenende, gewürdigt. Meine Alltagsschuhe hingegen sind auf den ersten (und zweiten) Blick eher unscheinbar und bilden somit eine perfekte Einheit mit ihrem Träger. Die Kreppsohlen runden das Erscheinungsbild ab, obwohl man ihnen zugutehalten muss, dass sie – völlig unbeeindruckt – so mancher Witterung trotzen. Ein Regentag kann ihnen genauso wenig anhaben wie ein Spaziergang im Schneematsch. Zudem geben diese weichen, griffigen Sohlen ihrem Träger auf rutschigem Untergrund, in der Straßenbahn oder bei irgendwelchen unvorhersehbaren Gehmanövern sicheren Halt.

Und man geht auf ihnen völlig geräuschlos. Ich steige die letzten drei Stufen hinab in das Untergeschoss und entdecke zwei Personen, die im Gang vor dem Tresorraum eng beieinander stehen. Es ist die Situation vor einem Kuss. Daphne lehnt mit dem Rücken an der Wand. Brunner steht vor ihr, eine Hand neben ihrem Kopf an die Mauer gestemmt.

Daphne bemerkt mich zuerst, über seinen Arm hinweg. Sie sieht mir direkt in die Augen. Ihrem Gesichtsausdruck entnehme ich, dass sie sich keine Mühe geben wird, das Geschehene (und Gesehene) durch irgendwelche Floskeln oder Notlügen erklären zu wollen.

Anders hingegen ihr – in diese Entscheidung nicht eingeweihtes – Gegenüber: Als Brunner endlich geschnallt hat, dass etwas nicht stimmt, stößt er sich mit einem Ruck von der Wand ab, als hätte Daphne plötzlich eine ansteckende Krankheit. Trotz der prekären Situation, in der sich Brunner gerade befindet, diagnostiziert das dickliche Männchen auf der untersten Stufe nun eine winzige Erleichterung in dessen Verhalten: Dass es nur *ich* bin, der ihn beim Witwentrösten ertappt hat.

Ich spüre, wie mir das Blut in den Kopf steigt. Unwillkürlich erscheint das Bild vor mir, wie sich die beiden auf der Couch wälzen, musikalisch untermalt von einem Stück aus Daphnes Klassiksammlung, dem Trostgeschenk der Bankkollegen.

So haben wir nicht gewettet!

Dann stapfe ich an der aufgelösten Liebesformation vorbei und öffne mit meinem Schlüssel und einer Zahlenkombination das Schloss zum Tresorraum. Mit zitternden Händen bringe ich die sorgfältig gebündelten Papierscheine und gestanzten Metallstückchen ganz durcheinander, die ich heute wieder meinen Artgenossen aushändigen werde, damit sie ihrem Dasein einen Gegenwert geben können.

Es lässt sich nicht verhindern. Irgendwann wird es jeden Tag einmal 17 Uhr 10. Leider auch heute.

Durch die Glastür sehe ich Marlene vor der Filiale schon auf mich warten. Um unserem Treffen einen würdigen Rahmen zu geben oder um es dramatisch zuzuspitzen, hat sie noch schnell Lippenstift aufgetragen und irgendwas (aber ich kann nicht genau sagen, was) mit ihren Haaren gemacht.

Ich sehe sie draußen stehen, sichtlich bemüht, nicht ständig zur Tür zu gucken, aus der ich ja jeden Augenblick kommen muss. Ich überlege einen überflüssigen Moment lang, ob es eine Möglichkeit gibt, mich dieser einseitigen Verabredung zu entziehen, aber zum Verlassen der Bank steht den Angestellten nach Dienstschluss ausschließlich der Seitenausgang zur Verfügung.

Endlich hat sie mich. Hilflos werde ich ihr in die Arme laufen.

Daphne verlässt die Bank, dicht gefolgt von Brunner, der sich mit ihr für heute Abend verabredet. Thannhuber verabschiedet sich. Marlene winkt den Kollegen noch hinterher. Jetzt muss ich raus, denn Leitmeier taucht hinter mir auf, um als Letzter abzuschließen.

Als Marlene mich entdeckt, macht sie einen Satz auf mich zu, was Leitmeier nicht verborgen bleibt. Sie steht nun ganz nah vor mir (näher als für ein Gespräch nötig), und Leitmeier verabschiedet sich mit einem öligen »Schönen Feierabend«.

Er will damit wohl Verständnis signalisieren, Verständnis dafür, dass sich die beiden pummeligen Mauerblümchen der Belegschaft nun doch noch gefunden haben. Auch der kleine Schritt, mit dem ich mich schnell wieder auf Distanz zu Marlene bringe, kann Leitmeier nicht davon abhalten, mir im Vorbeigehen kurz zuzublinzeln.

Ich sehe unserem Filialleiter hinterher, um das unvermeidliche Gespräch mit Marlene so lange wie möglich hinauszuzögern oder um Leitmeier hinterherzurufen, dass er sich irrt.

Bevor ich Marlene sagen kann, dass ich mich nicht so wohlfühle und lieber schnell nach Hause fahren würde, hat sie schon meine beiden Hände ergriffen und hält sie fest. »Hab keine Angst …«, sagt sie (und schließt dafür kurz beschwichtigend die Augen), »… ich passe jetzt auf dich auf. Der kriegt dich nicht.« Und dann streicht sie mir über den Kopf, bringt dadurch meine Frisur durcheinander und sagt: »Ich bin doch da.«

Nur mit größter Mühe gelingt es mir, Marlene von ihrem Vorhaben abzubringen, mich in ein Restaurant zum Abendessen einzuladen. Dennoch setzt sie ihren Willen teilweise durch, indem sie mich nötigt, mit ihr zumindest einen Kaffee trinken zu gehen.

Da sitzen wir nun auf zwei Hockern an einem Stehtischchen am Fenster. Marlene redet ohne Unterlass auf mich ein. Ihre Wangen sind vor Erregung leicht gerötet. Irgendwann wird es ihr zu warm und sie zieht die Jacke aus. Intuitiv halte ich die Luft an. Marlene hat sich Verhaltensregeln für mich ausgedacht und Sicherheitstipps, wie ich dem Mörder am besten entkommen könnte. Das Wort »Mörder« spricht sie dabei so laut aus, dass Gäste am Nebentisch aufsehen.

Ich versuche nachdenklich zu gucken, indem ich den vorbeieilenden Passanten hinterhersehe und ab und zu nicke.

Schließlich (ich habe längst auf Mundatmung umgestellt) kommt sie auf ihr eigentliches Anliegen zu sprechen: Am besten wäre es, ich würde – bis der Täter gefasst ist – bei ihr einziehen. Da wäre ich in Sicherheit. Das kleine Gästezimmer hat sie schon hergerichtet. Was ich davon halten würde.

Sie lässt eine Pause entstehen und sieht mich erwartungsvoll an. Keine Frage, sie meint es ernst. Ein Sonnenstrahl fällt durchs Fenster herein und zaubert einen Lichtreflex in ihr durch Dauerwellen und Färbeaktionen malträtiertes Haar. Leuchtendes Moos. Jetzt entdecke ich auch, was sie mit ihrer Frisur angestellt hat: Mit zwei Klammern hat sie versucht, ihrem Kopfbewuchs einen Scheitel aufzuzwingen.

Sie blickt mich stumm an. Nur die beiden baumelnden Ohrringe verraten ihre innere Erregung. Ihr Lippenstift ist am Mundwinkel etwas verschmiert. Sie bemerkt meinen Blick auf ihren Mund. Ihr Gesicht erhellt sich unmerklich, dann lässt sie ihre Zungenspitze langsam über die Unterlippe gleiten.

»Ich muss jetzt gehen!«, sage ich schnell. Dann stehe ich auf, ziehe meine Jacke an, klemme die Mappe unter den Arm und … gehe.

18. August, abends

Ich stehe hinter einem blauen Kombi und blicke zur Eingangstüre eines Sonnenstudios auf der anderen Straßenseite. Das lebensgroße Photo eines durchtrainierten, braungebrannten Surfers hängt im Schaufenster. »Käsig ist Käse!« steht in der Sprechblase, die man ihm zwischen die weißen Zähne geschoben hat.

Ich blicke auf meine Uhr. Vor elfeinhalb Minuten ist Brunner in der Eingangstür verschwunden.

»Kann ich Ihnen helfen?«, fragt mich plötzlich eine tiefe Stimme. Hinter mir steht ein Mann um die vierzig mit einer Zigarette im Mundwinkel.

»Nein danke«, sage ich verwundert.

»Gut«, erwidert er, »dann haben Sie sicher nichts dagegen, wenn ich jetzt in meinen Wagen einsteige.«

»Natürlich nicht«, antworte ich und trete zur Seite.

Der Mann steigt ein, startet den Motor, der Kombi rangiert aus der Parklücke und verschwindet im Straßenverkehr.

Ich blicke zurück zur Eingangstür des Sonnenstudios und fahre zusammen: Brunner steht vor dem Laden und sieht zu mir herüber. Sein Gesicht ist von der Kunstbesonnung etwas gerötet. Ich denke nicht daran, ihm zuzuwinken, um die Situation als Zufall zu verkaufen. Nein, ich stehe einfach nur da und gewähre ihm das Gefühl, mich ertappt zu haben. Einen ziemlich langen Moment lang.

Dann gehe ich nach Hause.

Ich stehe an der Straßenbahnhaltestelle.

Ich habe heute meine Diät für einen Tag unterbrochen und verstaue zu diesem Anlass ein Mettwurstbrötchen in meiner Mappe.

Wie zum Protest schlägt die Kirchturmuhr acht Mal. Acht Uhr.

Ich sehe hinüber zu den beiden Türmen, die in ihr Gerüst gehüllt sind. Ein Arbeiter ist zu erkennen, der ziemlich weit oben mit einem Schlagbohrer Krach macht. Dann lenkt das Gequake einer Ente meinen Blick auf die Isar. Der Wasserpegel ist gesunken. Ein ganzes Stück. Sandbänke haben sich gebildet. Das bräunliche Wasser gluckert um die kleinen Kiesinseln herum.

Ich denke an Hermann Dillinger, der auf seinem Weg zum Auffanggitter hier vorbeigekommen sein muss. Er hat ganz München auf dem Wasserweg passiert, freilich ohne noch in den Genuss dieser bestimmt verlockenden Perspektive auf die Isarmetropole zu kommen, aber vor allem, und das ist ein weitaus bemerkenswerterer Aspekt seiner letzten Reise: ohne im Vorbeitreiben von irgendjemandem entdeckt worden zu sein.

Die Straßenbahn schiebt sich zwischen meine Gedanken.

Bevor die Tram vor dem Isartor nach rechts ins Lehel abbiegt, hält sie noch einmal. Mit einem Zischen öffnen sich die Türen.

Eine Zeit lang tut sich gar nichts, dann wuchtet sich eine korpulente ältere Frau die Stufen hinauf. Schon hat sie eine Sitzgelegenheit erspäht, um ihren durch zügellose Fressgier aus der Norm gequollenen Leib darauf zu parken. Es folgt etwas Beamtetes in Grau und dann:

Yvonne.

Das ist aber nicht ihre Haltestelle!

Sie trägt irgendein Hemd und irgendeine Hose. Sie hält sich an der Haltestange fest, als die Straßenbahn anfährt, und blickt aus dem Fenster. Irgendwohin.

Ich gebe mir keine Mühe, mich hinter dem Kopf meines Vordermanns zu verstecken, weil ich weiß, dass sie ihren Blick nicht durch den Wagen schweifen lassen wird. Weil sie nichts sucht. Weil sie niemanden sucht.

Die Tram wackelt vor sich hin. Immer wieder versucht die flache, gelbe Morgensonne, durch Bäume, Häuserlücken und vorbeifahrende Autos hindurch, Yvonnes Gesicht zum Leuchten zu bringen. Aber die Strahlen erreichen sie nicht, sie rufen nicht einmal ein Blinzeln hervor. Ihre Augen wandern nicht an den Fassaden der Häuser entlang, bleiben nirgendwo hängen, sie blicken leer aus dem Fenster.

Ich bin doch da.

Zwei Stationen lang kann ich mir das ansehen, dann verlässt sie mich. Sie ist der einzige Fahrgast, der hier aussteigt, und ich blicke ihr so lange nach, bis mich die nächste Kurve zur Raison ruft.

Das schönste Gefühl für mich wäre es, wenn ich mir selbst gefallen könnte. Ganz einfach. Was für eine Perspektive! Was für ein Rausch! Nach all den Jahren dieses neue Bewusstsein.

Vielleicht müsste ich gar nicht schöner werden, um mir zu gefallen. Vielleicht müsste ich nur anders denken. Lernen. Ich müsste auch nicht zwangsläufig bedeutender werden, ich müsste nur dem, was ich tue (oder nicht tue), mehr Bedeutung beimessen.

Natürlich wäre ich gezwungen, mich bei diesem Experiment ständig selbst zu bescheißen. Ich müsste die Glücksmesslatte einfach heruntersetzen, so tief, dass kein Premium-Limbo-Dancer mehr eine Chance hätte, darunter hindurch zu argumentieren, aber gleichzeitig hoch genug, um die nagende Wahrheit zum Stolpern zu bringen.

Irgendwie.

Dass mir dies nie gelingen wird, dafür ist wiederum meine Schaltzentrale zuständig.

Ich hindere mich also eigentlich selbst daran, glücklich zu werden. Obwohl ich das doch so sehr will.

Meine Haltestelle. Ich erhebe mich von meinem Sitz, drücke den Türöffner-Knopf, steige die zwei Stufen hinunter auf die Straße und lasse die anderen Fahrgäste mit ihren eigenen Gedanken weiterfahren.

Aus der Entfernung sehe ich – durch die Scheibe der Eingangstür hindurch – die Silhouette von Marlene, die gerade aufsperrt. In demselben Moment fälle ich die Entscheidung, heute nicht zu arbeiten. Ich kehre auf dem Absatz um und stoße beinahe mit meinem schlechten Gewissen zusammen, das mir in den letzten Tagen auf Schritt und Tritt folgt. Ich bahne mir entschlossen einen Weg durch diese Kohorte aus Einwänden und Bedenken und steige in die Straßenbahn, die gerade angehalten hat, um mich in entgegengesetzter Richtung wieder heimwärts zu bringen.

Ich sitze auf dem Sitz direkt hinter dem Schaffner.

Ein Einzelsitz. Die Mappe ruht auf meinem Schoß. Ich

spüre die Beule meines Mettwurstbrötchens und frage mich mal wieder, ob man an einseitiger Ernährung frühzeitig sterben kann.

Das Hochfrequenzgezischel aus dem Kopfhörer meines Hintermanns dringt zu mir nach vorn. Ein langsamer Rhythmus. Sehr entspannt. Ich drehe mich nicht um.

Wenn ich ein besonders stimmungsvolles Musikstück höre, irgendwann, irgendwo, wenn es mich trägt, dann lehne ich mich zurück und schließe die Augen.

Ich sehe einen großen, leeren Raum vor mir. Eine junge Frau tanzt darin. In letzter Zeit ist es immer Yvonne. Sie ist barfuß. Sie trägt etwas Helles, Transparentes. Vielleicht Leinen oder Seide.

Sie tanzt sehr langsam. Ihren Bewegungen genügt jeder zweite Takt. Sie hat alles um sich herum vergessen. Sie tanzt nur für sich.

Ich stehe am Rand des Raumes und beobachte sie. Dieses Lied habe ich für sie aufgelegt. Ich spiele es nur für sie. Vielleicht sind wir auf einer Party, denn von nebenan dringen ab und zu Stimmen zu uns herüber.

In diesem Raum haben schon viele Frauen getanzt. Zu meiner Musik. Auch Daphne.

Yvonne lässt sich vom Rhythmus der Musik tragen. Ihre nackten Füße scheinen das Parkett kaum zu berühren.

Sie streicht sich das Haar aus dem Gesicht und blickt jetzt zu mir. Wir sehen uns in die Augen, während sie tanzt.

In ihrem Gesicht ist keine Regung zu spüren. Nichts.

Sie sieht mich einfach nur an.

Vielleicht ist das Schönheit. Eine Situation. Ein Moment.

Oder ist das Glück?

Das Lied meines Hintermannes ist zu Ende.

Ich verlasse die Tram an der Haltestelle, an der Yvonne ausgestiegen ist.

Vielleicht bin ich schon längst glücklich und bin mir dessen nur nicht bewusst? Ich verwerfe den Gedanken wieder, als ich ein junges Pärchen in einem BMW-Cabrio an mir vorbeifahren sehe.

Eine Zeit lang gehe ich die Straße entlang.

Von Yvonne keine Spur. Dann mache ich mich auf den Heimweg.

Es ist bewölkt, aber trotzdem drückend warm. Ich ziehe meine Jacke aus und hänge sie mir über den Unterarm.

Am Anna-Platz im Lehel entdecke ich eine Bank, die nicht von Pennern oder Rentnern belegt ist.

Ich nutze die Gelegenheit und mache es mir bequem. Ich lege die Mappe neben mich und daneben die Jacke. Dadurch ist die Bank fast zur Hälfte von mir okkupiert. Ein leichter Wind kommt auf und lässt die Blätter der riesigen Esche hinter mir rascheln.

Ich öffne meine Mappe und hole das Mettwurstbrötchen hervor. Ich ziehe es aus der Cellophantüte, klappe es auf, entferne die welke Gurkenscheibe und werfe sie hinter mich ins Gebüsch.

Gerade als ich zubeißen will, bemerke ich im Augenwinkel zwei alte Frauen, die sich mir nähern. Beide mit Gehstock. Sie stammen wahrscheinlich aus dem Altenheim um die Ecke, in dem sie ihre Restlebenszeit abwohnen.

Ihrem plötzlichen Zögern entnehme ich, dass sie meine Bank als Sitzgelegenheit in Erwägung gezogen haben.

Ich starre sie feindselig an, während sich meine Zähne in das Mettwurstbrötchen graben. Sie tuscheln nun kurz miteinander, ohne mich aus den Augen zu lassen, sind sich dann aber schnell einig und ziehen endlich weiter.

Das Männchen sitzt auf seiner Bank. Es wird heute noch regnen. Wo bist du, mein Schatz? Wohin gehst du, Seele in Not?

Irgendwo in dieser Stadt stehst du in diesem Moment und weißt nicht weiter. Nimm mich doch in deine Gedanken auf. Denke einmal an das *nicht* Naheliegende! Ein winziger Schritt in eine andere Richtung. Was du alles entdecken könntest. Du würdest keiner Routine begegnen, du würdest eine unendliche Landschaft betreten, die dich wie einen lang ersehnten Gast aufnimmt. Du bist jetzt die einzige Blume in meinem Garten.

Eine alte Frau mit Rollator ruckelt zielstrebig auf meine Bank zu. Ich greife mir Jacke und Mappe und mache mich davon.

An meiner Wohnungstür hängt eine Notiz:

Wo bist Du?? Marlene

Ich betrete die Wohnung, lege die Mappe weg, setze mich aufs Bett und öffne die Tüte Chips, die ich mir im Supermarkt noch geholt habe. Mechanisch esse ich sie leer, dann stehe ich auf und schalte den Fernseher ein. Ein paar Stunden lang lasse ich das Programm über mich ergehen, ohne mich später an irgendetwas erinnern zu können, dann schiebe ich mich aus dem Sessel, ziehe die Vorhänge zu und mich aus, putze mir die Zähne und gehe ins Bett.

Gerade als mich die erste Woge Schlaf mitnehmen will, vernehme ich einen leisen Schrei. Hellwach richte ich mich im Bett auf.

Stille.

Dann der gleiche Schrei noch mal. Von nebenan. Eine tiefe Stimme jetzt. Dann ein Klacken an meine Wand. Dann noch mal der Schrei. Dann wieder das Klacken. Langsam stellt sich ein Rhythmus ein. Zweimal Klacken, ein leiser Schrei, zweimal Klacken, ein leiser Schrei. So geht das immer weiter. Hie und da macht in diesem Pflichtprogramm die tiefe Stimme auf sich aufmerksam, quasi als Kür.

Eine ganze Weile wiederholt sich das, bis die zwei Teilnehmer dieser nächtlichen Ruhestörung (und der Teil*haber* von nebenan) ihren Höhepunkt gefunden haben.

20. August

Mein gestriger Ausfall in der Bank hat für einiges Aufsehen gesorgt: Leitmeier musste den ganzen Tag lang für mich einspringen.

Ein Gespräch unter vier Augen heute Morgen konnte seinen Verdacht nicht ausräumen, dass die »Unregelmäßigkeiten« in letzter Zeit auf mein instabiles Seelenleben zurückzuführen sind.

Er kam auf Marlene und mich zu sprechen, und ich nutzte die Gelegenheit und nickte ertappt. Mit einem Augenzwinkern, das ich wohl als letzte Warnung interpretieren sollte, öffnete er mir seine Tür und ich schlich durch die Filiale zurück zu meinem Glaskasten.

Da sitze ich nun und starre gedankenverloren auf das Bild der Bausparerfamilie. Als ich mich von der Werbetafel abwende, bemerke ich, dass Daphne mich beobachtet.

Kaum, dass unsere Blicke sich getroffen haben, flüchtet sie sich in die Papiere auf dem Tresen vor ihr, und als ahnte sie, dass dieses Ausweichmanöver ziemlich unglaubwürdig erscheinen muss, sieht sie nun Hilfe suchend zu der Person, die schräg hinter ihr sitzt, zu Brunner.

Die beiden sehen sich an. Eine ganze Weile. So lange, bis mir klar wird, dass sie dadurch den Augenkontakt mit mir meiden. Ihr Blick gilt eigentlich mir.

Mir wird warm.

Ein Mann um die fünfzig betritt die Filiale und geht auf Marlenes Schalter zu. Er fragt sie irgendwas. Sie nickt und zeigt auf Daphne. Der Mann tritt an deren Schalter heran und zeigt ihr einen Ausweis. Sie blickt kurz zu Brunner, dann schiebt sie ihr *Schalter geschlossen*-Schildchen auf den Tresen und erhebt sich.

Der Mann und Daphne verschwinden im Besprechungszimmer. Filialleiter Leitmeier erscheint und bleibt dann in gebremster Wichtigkeit vor der geschlossenen Tür stehen.

Und die Tür bleibt eine ganze Weile geschlossen. Mir wird immer wärmer. Ich kann mich kaum auf die Kundschaft konzentrieren. Immer wieder muss ich zum Besprechungszimmer herübersehen.

Endlich wird die Tür geöffnet.

Daphne tritt heraus. Sie wechselt einen Blick mit Brunner, dann geht sie auf Marlenes Schalter zu und spricht kurz mit ihr. Marlene bedient ihren Kunden zu Ende, dann verschwindet sie im Besprechungszimmer, nicht ohne mir vorher einen besorgten Blick zugeworfen zu haben.

Die alte Dame von neulich mit dem Sparbuch steht plötzlich an meinem Schalter. Sie trägt ein hellblaues Kostüm und – wie ein Ausrufezeichen – einen gelben Strohhut. Jetzt fällt mir ein, dass jemand für heute eine größere Abhebung angemeldet hatte. Sie schiebt mir ihr antiquiertes Sparbuch zu und möchte sich die 57.563 Euro und 72 Cent auszahlen lassen. In bar. Bei dem Wort »bar« formen sich ihre Lippen fast zu einem Kuss.

Ich nicke und mache ihr klar, dass ich dazu kurz in den Tresorraum gehen muss.

»Dann entschwinden Sie«, lächelt sie, und ich mache mich auf den Weg. Beim Gang an den Schaltern vorbei spüre ich Brunners Blick im Rücken.

Etwas außer Atem erreiche ich meinen gläsernen Sicherheitstrakt wieder und schiebe der alten Dame die finanzielle

Grundlage ihres letzten Frühlings durch die Geldausgabe entgegen.

Genau in diesem Augenblick öffnet sich hinter ihr die Tür zum Besprechungszimmer.

Der Mann tritt zuerst heraus. Er lässt seinen Blick durch den Schalterraum wandern, bis er schließlich findet, was er gesucht hat: das Männchen im Kassenraum.

Wir blicken uns direkt in die Augen.

Offenbar hat er nicht erwartet, dass ich ihn erwartet habe.

Er wendet sich schnell an Marlene, die inzwischen hinter ihm aufgetaucht ist. Er sagt etwas, sie blickt auf ihre Uhr und nickt, dann kommt sie mit geröteten Wangen auf mich zu, während er wieder ins Besprechungszimmer zurückgeht.

Die alte Dame hat mittlerweile ihr Geld in der Handtasche verstaut. Sie sieht mich durch die Glasscheibe hindurch an, lächelt, sagt »Leben Sie wohl« und verschwindet.

Marlene schiebt sich in mein Blickfeld und teilt mir mit, dass im Besprechungszimmer jemand von der Polizei sitzt, der mich in der Mittagspause sprechen möchte. In ihrem Ton schwingt etwas Gekränktes mit. Kränkung darüber, dass sich jemand von offizieller Seite in *ihren* Fall einmischt.

Ich blicke auf die Uhr in der Schalterhalle.

»Noch sieben Minuten …«, sagt Marlene, »… ich hab ihm schon gesagt, dass du in großer Gefahr bist, aber du willst dir ja nicht helfen lassen.«

»Wann kommt denn Yvonne wieder?«, frage ich.

Marlene horcht auf. »Wieso?«

»Weil wir noch kein Trostgeschenk für sie haben.«

»Davon wird ihr Claudio auch nicht wieder lebendig«, bekomme ich als Antwort.

Im Hintergrund winkt jetzt Leitmeier. »Ich muss«, sagt sie und: »Sag ihm, dass du Polizeischutz beantragen möchtest.«

Ich nicke und will mich gerade abwenden, als ich bemerke, dass Marlene an meinem Schalter stehen geblieben ist. »Weißt du, was der Polizeibeamte mich gefragt hat?«

»Nein«, entgegne ich wahrheitsgemäß.

Sie beugt sich ganz nah über die Geldausgabe. »Ob wir verlobt sind.«

Ich sehe Marlene nach, wie sie mit beschwingtem Gang durch die Filiale auf Leitmeier zugeht.

Der Polizeibeamte sitzt mir schräg gegenüber. Neben ihm auf dem kleinen Konferenztisch liegt ein aufgeschlagenes Notizbuch.

Er ist sehr freundlich, fast etwas weich. Ich vermute, dass er die – in den vergangenen Wochen arg gebeutelte – Filialenbelegschaft nicht mehr als nötig strapazieren möchte. Als er mir mitteilt, dass nicht nur Claudio Pertini, sondern höchstwahrscheinlich auch Hermann Dillinger einem Mord zum Opfer gefallen ist, schlage ich fassungslos eine Hand vor den Mund.

Und vor die Nase, weil der Polizist entsetzlichen Mundgeruch hat.

Ich lehne mich wie betäubt im Stuhl zurück. Durch diese zusätzlich gewonnene Distanz zwischen uns komme ich während des nun folgenden Gesprächs lediglich bei längeren Sätzen in den Genuss seines säuerlichen Atems.

Er macht sich Notizen, als ich ihm sage, dass mir nichts Ungewöhnliches aufgefallen ist, dass sich die Kollegen unserer Filiale sehr gut verstehen und dass ich genauso entsetzt sei wie alle anderen über das, was Yvonnes und Daphnes

Freunden passiert ist. Nein, man habe sich nicht gekannt, vom Sehen her vielleicht, ja, doch, einmal vor der Bank oder vielleicht mal irgendwo in der Stadt, in Begleitung der Kolleginnen halt. Ob man denn einen Verdacht habe.

»Nein«, sagt der Beamte. »Aber eine Spur.«

Ich nicke und hoffe, dass das so aussieht wie »Gute Arbeit!«, während ich spüre, wie mein Gesicht rot anläuft und sich tausend kleine Schweißporen auf meinem Rücken öffnen und Flüssigkeit in meinen Hosenbund pumpen.

»Haben Sie keine Angst«, sagt der Polizist jetzt und beugt sich dabei zu meinem Entsetzen über den Tisch zu mir herüber. »Ihre Verlobte hat mir schon mitgeteilt, dass Sie natürlich sehr beunruhigt sind.«

Der faulige Gestank aus seiner Speiseröhre hindert mich daran, irgendeinen klaren Gedanken zu fassen, und deshalb nicke ich jetzt noch mal und schnappe dann einmal tief nach Luft, um nicht ohnmächtig zu werden.

»Ich versuche mal, jemanden zu bekommen, der Ihren Hauseingang ein bisschen im Auge behält.«

»Danke«, sage ich schnell, aber er ist noch nicht fertig.

»... obwohl ich an Ihrer Stelle über das Angebot Ihrer Freundin ernsthaft nachdenken würde. Bei ihr einzuziehen. Wenn Sie zu zweit sind, fühlen Sie sich auch gleich viel sicherer.« Er besiegelt seinen Rat mit einem zweideutigen Augenzwinkern.

Ich nicke noch mal, stammele: »Danke, für ...«, stehe auf und gehe auf die Tür zu.

»Haben Sie zu Hause ein Fondueset?«

Die Frage kommt so unvermittelt, dass ich einen winzigen Augenblick lang glaube, mich verhört zu haben. »Wer ...?«, fällt mir als Antwort ein.

»Haben Sie zu Hause ein Fondueset?«, wiederholt sich der Polizist in exakt demselben Tonfall.

»Nein«, antworte ich.

»Nie eins gehabt?«

»Doch ... schon ... aber das hab ich meiner ... das hab ich Marlene geschenkt.«

»Ich weiß«, sagt er, »das hat sie mir eben erzählt, aber das ist ja schon zwei Jahre her.«

»Ja?«, frage ich Idiot.

Er blättert in seinen Notizen und findet irgendeine Stelle.

»Ja«, sagt er, »fast genau zwei Jahre ist das jetzt her.«

»Mein Gott, wie die Zeit rast«, sagt das dicke Männchen und muss sich an der Türklinke festhalten.

Der Polizeibeamte nickt. »Haben Sie zu Hause ein Fondueset?«

»Nein«, sage ich.

Er lächelt mich an. »Ich auch nicht.«

Dann darf ich gehen.

In der Schalterhalle wartet bereits meine Verlobte auf mich. Ohne sie eines Blickes zu würdigen, gehe ich an ihr vorbei auf meinen Panzerglaskäfig zu, sperre auf, lasse mich auf den Drehstuhl fallen und beginne den Rest meiner Mittagspause.

Die Brotzeit verharrt unangetastet in der Mappe.

Stattdessen starre ich die verbleibende halbe Stunde in meine Kasse und darin auf die Vorderseite eines 20-Euro-Scheins mit den beiden darauf abgebildeten Kirchenfenstern. Ich überlege, ob sie vom Stil her in meine Kirche passen könnten.

Aus dem Augenwinkel bemerke ich irgendwann, wie Marlene die Mittagspause unserer Filiale beendet, indem sie die Eingangstüre wieder aufschließt. Ich sehe demonstrativ nicht in ihre Richtung, sondern nehme den vordersten Geldschein aus dem 20-Euro-Noten-Stapel, stecke ihn ein und buche den Vorgang ordnungsgemäß von meinem Konto ab: meine Investition in Yvonnes Trostgeschenk.

Auch den Rest des Tages vermeide ich jeglichen Blickkontakt mit Marlene.

Um siebzehn Uhr verlasse ich meinen Arbeitsplatz.

Ich nehme die Straßenbahn und steige am Stachus aus.

Ich gehe an dem Brunnen entlang, der heute anscheinend von niemandem beachtet wird. Ein Penner sitzt – dem Brunnen den krummen Rücken zugekehrt – auf einem der Steinsockel, die das Wasserspiel umgeben, und lallt arglosen Passanten hinterher.

In dem Moment, in dem ich die Sonnenstraße überqueren möchte, befällt mich auf einmal das Gefühl, dass mich jemand beobachtet.

Ich drehe mich um.

Ein junges Mädchen geht an mir vorbei, eine SMS in ihr Handy tippend. Zwei Banker, ins Gespräch vertieft. Niemand nimmt Notiz von mir. Wie immer.

Gerade will ich mich wieder der Straße zuwenden, als mein Blick auf das Schaufenster eines Spielwarengeschäfts fällt.

Unzählige Stofftiere haben sich dahinter zusammengefunden und begutachten stumm die potentiellen Abnehmer auf der anderen Seite der Scheibe. Eine stattliche Giraffe in der zweiten Reihe. Ein Bär in Lebensgröße. Ein auf Walt-Disney-Maß reduziertes Reh. Ein Delphin in Blau.

Ein Gedanke streift mich – ein Artikel in einer Zeitung,

oder war es nur eine Anzeige? Irgendwo in der Stadt gibt es einen Puppendoktor, der Ersatznasen für Teddys vertreibt. Ich kann mir schwerlich vorstellen, wie man mit diesem Beruf ein geregeltes Auskommen haben mag.

Gerade will ich weitergehen, als ich innehalte: Inmitten der Mainstream-Kuscheltiere sitzt auf einem Ast die perfekte Nachahmung eines Repräsentanten aus der Gattung der Lemuren.

Zögerlich gehe ich auf das Schaufenster zu. Ich trete ganz nah an die Scheibe heran, bis meine Nasenspitze das Glas berührt.

Der Vari blickt mir direkt in die Augen.

Ich weiß, dass es an mir ist, den Käfig zu betreten.

Für meinen Freund werden 37 Euro und 50 Cent aufgerufen, die mein Trostgeschenkbudget empfindlich überschreiten, aber ich bezahle das Lösegeld, ohne mit der Wimper zu zucken, und lasse meinen entfernten Verwandten in einer Einkaufstüte verstauen, mit der Maßgabe, die kleinen Verschlussknöpfe am oberen Rand der Tüte nicht zuzudrücken.

Ich blicke auf meine Armbanduhr. Es ist zwanzig nach acht. Seit über zwei Stunden laufe ich durch die Stadt, mit meiner Mappe unterm Arm und dem Vari in der Tüte.

Da ich kein Ziel habe, unterscheiden sich mein Gesichtsausdruck und meine Gangart wahrscheinlich von denen der anderen Passanten. Ich schlendere mit dem und gegen den Strom. Vor einem Schaufenster bleibe ich stehen. Pikanterweise ein Dessousladen.

Neben mir stehen zwei Mädchen im Teenageralter. Die eine hat sehr kurzes, weißblondes Haar, das sie sich mit viel Gel und Mühe an den hübschen Kopf geklebt hat. Ihre Freundin dagegen hat langes, dunkles, gelocktes Haar. Und Mördertitten.

Wahrscheinlich sind die beiden aufgrund dieser optischen Gegensätzlichkeit unzertrennlich. Auf dem Flirtparkett kommen sie sich nicht ins Gehege, im Gegenteil, sie ergänzen sich aufs Trefflichste, decken den Großteil der herkömmlichen Bedarfspalette spielend ab.

Die Blonde sieht jetzt zu mir herüber, dann flüstert sie ihrer Freundin etwas ins Ohr. Augenblicklich brechen beide in unverhohlenes Gelächter aus.

Na und? Ich beschließe ausnahmsweise nicht rot zu werden. Immerhin stehe ich vor der Auslage eines Dessousladens.

Ich lasse diese spontan errichtete Mauer der Souveränität vor dem Schaufenster stehen und flüchte mich schnell wieder in die vertrauten Gefilde meiner Unsicherheit.

Ich betrete mein Apartment bei dem Glockenschlag, der die letzte Viertelstunde vor zweiundzwanzig Uhr ankündigt.

In dem Moment, als ich die Tür hinter mir schließe, befällt mich ein eigenartiges Gefühl. Das Gefühl, nicht zu Hause zu sein.

Das Gefühl, dass etwas nicht stimmt.

Aus der Wohnung über mir dringt Geplapper aus dem Fernseher zu mir, zu dumpf, um etwas zu verstehen, aber weich genug, um die Stimme als weiblich zu identifizieren: ein Monolog. Vielleicht aus einem Spielfilm. Ich betrete den Raum, ohne das Licht einzuschalten.

Ich stehe mitten im Zimmer.

Das Licht der Straßenlaterne beleuchtet mein Refugium ausreichend, um mich dessen zu vergewissern, dass alles an seinem Platz ist. Ich gehe zum Tisch und ziehe die Schublade auf: Das Tagebuch ist noch da.

Nichts hat sich verändert. Schon lange nicht mehr.

Die Frau aus dem Fernseher über mir beginnt jetzt zu weinen, ihre Worte werden unterbrochen von etwas zu dramatischen Schluchzern.

Ich lasse meine Mappe und die Tüte auf den Tisch gleiten und atme tief durch.

Gerade will ich das Licht einschalten, als mir etwas auffällt: Meine tägliche Körperpflege beschränkt sich auf Duschen, unter der Zuhilfenahme von Shampoo, Duschgel oder Seife. Aber seit dem Zeitpunkt, als ich den Mietvertrag unterschrieben habe, war dieses Apartment noch nie dem Geruch eines Herren-Eau-de-Toilette ausgesetzt. Dennoch schwebt ein fremder, moschushaltiger Duft in meiner Luft. Eine synthetisch heraufbeschworene Assoziation von Leder und Lagerfeuer. Jemand muss diese Idee eines Kosmetikkonzerns zurückgelassen haben. Eine Idee nur, aber eine Idee zu viel.

Ich öffne das Fenster, um dem verräterischen Restduft die Freiheit zu schenken. Er nimmt das Angebot wahr, aber die wiederhergestellte Geruchsneutralität kann nicht über die Tatsache hinwegtäuschen, dass jemand in meiner Wohnung war.

Und dieser Jemand war keine Frau.

Aus dem Fernseher von oben ist jetzt ein Schuss zu hören. Irgendeine barmherzige Seele hat irgendeinem tristen Dasein (vielleicht sogar dem eigenen) ein Ende gesetzt.

Auf einmal herrscht Stille.

Nur das leise Surren der Klimaanlage von gegenüber ist zu hören. Ich schließe das Fenster.

Unten auf der Straße steht ein Mann. Er sieht zu mir herauf. Als sich unsere Blicke treffen, geht er weg.

Das dicke Männchen harrt noch eine Weile am Fenster aus.

Es hat sich nicht erschreckt. Es hat auch keine Angst. Es spürt … überhaupt nichts. Es hat das Gefühl, dass alles so kommt, wie es kommen muss. Es fügt sich dem Lauf seiner eigenen Geschichte, die schon geschrieben scheint.

Es lebt diese Geschichte einfach zu Ende.

Nur ungern habe ich mich heute Morgen von einem meiner rötlichen Haare getrennt. Da mein spärlicher Kopfbewuchs im Frontbereich aus Kompensationsgründen etwas länger ausfällt, musste ich ein Haar aus dieser Region opfern, um meine Wohnungstür zu versiegeln. Mit zwei kurzen Tesastreifen klebe ich es in Knöchelhöhe mit dem einen Ende von außen an meine Wohnungstür und mit dem anderen Ende (an dem noch klar erkennbar die Wurzel hängt) an den Türrahmen.

Als ich mich aufrichte, steht der Hausmeister hinter mir.

Ob die Putzfrau den Bereich unter der Fußmatte nicht ordentlich gewischt hätte, will er wissen.

»Diesmal schon«, fällt mir als Antwort ein … und dann noch etwas: Wenn jemand in meiner Wohnung war, kann ihm eigentlich nur der Hausmeister Zutritt verschafft haben. Er ist der Einzige, der einen Zweitschlüssel hat.

»Diesmal schon«, sage ich noch einmal, dann schiebe ich mich an ihm vorbei Richtung Treppenhaus.

Der Hausmeister riecht definitiv *nicht* nach Aftershave oder Eau de Toilette.

Ich erreiche die Bank um kurz vor acht.

Es ist ein frischer Morgen. Frisch und klar. Wir haben Ostwind. Kurz vor dem Seiteneingang erfasst mich eine Bö von hinten und schiebt mich fast in die Filiale hinein.

Ich gehe auf meine Kasse zu, ohne nach links oder rechts zu sehen. Ich lege meine Mappe ab, hänge die Jacke über den Stuhl und mache mich auf den Weg zum Untergeschoss. Ich öffne den Tresorraum und hole das Wechselgeld. Als ich die

Tür wieder verschließe, entdecke ich Marlene. Sie steht – ähnlich wie Daphne vor ein paar Tagen – im Vorraum am Fuß der Treppe, mit dem Rücken gegen die Wand gelehnt. Nur steht niemand bei ihr, um sie zu küssen.

Marlene trägt ein weißes Sommerkleid mit vielen bunten Schmetterlingen darauf. Es steht ihr nicht mal schlecht. Den Kopf hat sie leicht nach vorn geneigt. Dadurch bekommt ihr Blick etwas Neckisches, Komplizenhaftes.

Ich verharre einen quälend langen Moment vor der Tür zum Tresorraum, die Geldkassette in den Händen, so lange, bis mir schließlich das Wort »Danke« aus dem Mund fällt.

Ich beschließe, dass ich damit die Situation entkrampft habe, und gehe an ihr vorbei und dann die Stufen hinauf.

Lass mich in Ruhe!

Ich beobachte, wie sich die Fläche unter dem Nagel meines Zeigefingers weiß verfärbt, als ich Yvonnes Klingelknopf drücke. Mein Herz pumpt durch die plötzliche Frequenzerhöhung mehr rote Flüssigkeit durch seinen Fremdkörper. Dann summt der Türöffner. Ich schiebe die Haustür auf und finde nach zwei Ecken die Wohnungstür ihres Erdgeschossapartments.

Ich klopfe zweimal kurz und spüre, wie ich durch den Spion entdeckt werde. Dann wird die Tür geöffnet.

Yvonne sieht hinreißend aus. Sie trägt irgendetwas Kuschelig-Elegantes in einer Pastellfarbe, für deren nähere Analyse mir aber keine Zeit bleibt, weil ich bemerke, dass sie nicht allein ist: Hinter ihr steht – wie zur Verstärkung – Daphne. Sie hat ihr blondes Haar zu einem Zopf zusammengebunden.

Während ich noch versuche, diese unvorhergesehene Konstellation in einen Gedanken zu packen, der mich in das Zentrum dieses Abends rücken könnte, erscheint im Türrahmen zur Diele Brunner. Jeans. T-Shirt. Barfuß. Herr der Lage.

»Hallo«, sage ich und meine, aus Versehen (oder aus Reflex) zeitgleich den Kopf des Vari bewegt zu haben, den ich beim Klingeln lässig unter den rechten Arm geklemmt hatte.

Erst mal sagt niemand ein Wort.

Mit »Was machst du denn hier?« ist es schließlich an Daphne, die Situation nicht zu retten. Während Yvonne sich (als Hausherrin) redlich Mühe gibt, sich über mein Erscheinen zu freuen, nutzt Brunner die Gelegenheit, seine Erstbesuchsposition auszubauen und mich wie ein originelles, aber ungefährliches Insekt zu studieren.

»Wo hast du *den* denn her?«, fragt Yvonne, als sie das Stofftier unter meinem Arm entdeckt, »der sieht ja so traurig aus.«

»Denkt man zuerst«, sage ich schnell, »aber …«

»Aber?«, fragt Brunner.

»Der ist für dich«, sage ich zu Yvonne, »… entschuldige, ich hab nicht gewusst, dass ihr …«

»Dass wir was?«, blökt das Arschloch hinter den beiden Frauen.

»… dass wir … dass ihr … ich wollte nicht stören, Entschuldigung.« Dann schiebe ich Yvonne den Vari entgegen. Sie nimmt ihn auf den Arm, wie jemand, der grundsätzlich ein Problem mit Tieren hat, sich aber insgeheim die Option offenhält, sich irgendwann eines Besseren belehren zu lassen.

»Danke dir«, sagt Yvonne, »der ist so …« Sie ersetzt das nicht gefundene Wort durch ein Streicheln seines Kopfes. »Ich würd dich gern reinbitten. Wir haben bloß …«

»Nee, nee«, sagt das dicke Männchen etwas zu schnell, »das sollte nur … für dich … so ein …«

»Ja«, sagt Yvonne, »das ist …«

»Tja dann«, sagt Brunner.

Daphne wendet sich ihm nun zu, um die Situation (oder meinen Anblick) nicht länger ertragen zu müssen.

»Total süß«, versichert mir Yvonne, »danke.«

Sie greift nach der Türklinke.

Ich nicke.

Dann vervollständige ich meine Mission und sage: »Sei nicht traurig.«

Yvonne hält auf einmal inne, und auch Daphne blickt mich jetzt wie ertappt an.

»Ja«, sagt Yvonne und macht eine Bewegung mit ihrer Hand, die mich berühren soll, aber nicht will. »… ja.«

Dann erlischt das Licht im Treppenhaus. Ich drücke den Schalter neben mir und verabschiede mich.

Es dauert einige Schritte, bis ich das Schließen ihrer Wohnungstür vernehme.

21. August, nachts

Ein leichtes Zittern durchzieht meinen Körper. Der Ostwind hat in der Nacht noch zugenommen. Der Himmel über mir ist sternenklar.

Ein heller Punkt zieht geräuschlos am Firmament vorbei. Ein Flugzeug vielleicht, oder ein Satellit.

Etwas über eine Stunde stehe ich hier jetzt schon. Das Pampasgras hat in diesem Sommer fünf mannshohe Blütenstände hervorgebracht, die sich nun vor meinem Gesicht im Wind wiegen. Zahllose Züge sind mittlerweile in den Ostbahnhof eingefahren und haben ihn auch wieder verlassen.

Die drei sitzen immer noch in Yvonnes Wohnzimmer und unterhalten sich. Die beiden Frauen hocken auf dem Sofa (auf dem Yvonne mit Claudio so viel Spaß hatte), Brunner räkelt sich vor ihnen auf dem Boden.

In der letzten Stunde hat Yvonne ihm mehrmals den Vari abgenommen, weil er ihn zuerst auf den Füßen balanciert und dann (wie einen Fußball) weggekickt hatte. Ein anderes Mal bewarf er damit (wahrscheinlich aus Langeweile) Daphne, die sich schützend ein Kissen vors Gesicht hielt. Als vorerst letzte Tortur hat er ihm ein Auge herausgedreht.

Da ist Yvonne sauer geworden. Sie hat den Vari ins Schlafzimmer (!) gebracht und ihn auf eine Kommode gesetzt. Eine Zeit lang stand sie anschließend regungslos vor ihrem Bett, etwas in der Hand wiegend. Vermutlich das kleine Glasauge. Dann öffnete sie eine Schublade und ließ es darin verschwinden.

In der Zwischenzeit hat Brunner versucht, Daphne zu küssen. Er hat sich dazu neben sie aufs Sofa gesetzt. Leider muss er die Tür von Yvonnes Schlafzimmer gehört haben, denn als sie ins Wohnzimmer zurückkehrte, saß er schon wieder brav auf dem Boden.

In der zweiten Etage wird jetzt ein Rollladen heruntergelassen. Als wäre dies die Aufforderung, endlich zu gehen, steht Daphne auf. Auch Brunner erhebt sich, sucht seine Schuhe. Die drei bereden noch kurz etwas, dann verschwinden sie Richtung Wohnungstür und damit aus meinem Blickfeld.

Ich warte noch einen Moment lang, bis Yvonne zurück ins Wohnzimmer kommt. Müde sieht sie jetzt aus. Sie stellt die paar Gläser auf ein Tablett und geht damit Richtung Küche. Gute Nacht.

Ich schleiche schnell auf die Hainbuchenhecke zu, da höre ich dahinter schon Brunner und Daphne auf dem Bürgersteig vorbeigehen.

Ich verharre ein paar Sekunden lang regungslos, bis die beiden nicht mehr zu hören sind, dann wuchte ich mich durch die Hecke und über den Zaun.

Dahinten sind sie. Er geht dicht neben ihr und redet ohne Unterlass auf sie ein. Als hätte er damit nicht schon die Grenzen des Zumutbaren überschritten, versucht er ihr währenddessen auch noch ständig an den Hintern zu fassen, was sie meines Erachtens nicht entschieden genug abwehrt.

Fast ein Pärchen.

Als sie an der nächsten Querstraße nach links abbiegen, löse ich mich aus dem Schatten der Hecke.

Um sie nicht zu verlieren, muss ich mich jetzt sputen. Dazu wähle ich eine für mich ungewohnte – nämlich beschleunigte – Gangart, und da mir auch diese für mein Vorhaben noch als zu langsam erscheint, verabschiede ich mich von dem (bis jetzt adäquaten) Fortbewegungsmodus »Gehen« und fahre gleitend auf die Geschwindigkeit eines Joggers hoch.

Sofort fange ich an zu schwitzen. Die Straßenbäume sausen an mir vorbei. Meine Oberschenkel reiben stoßend aneinander, mein Bauch versucht, meinen Körper mit kreisenden Bewegungen aus dem Gleichgewicht zu bringen, während meine Hängetitten ihren ganz eigenen Rhythmus gefunden haben und mir abwechselnd auf die rotierende Wampe klatschen.

Ich möchte das nicht in Zeitlupe sehen.

Endlich erlöst mich die Kreuzung. Ich bremse die Masse meines Körpers ab und spähe völlig atemlos um die Ecke: Die Straße wirkt verlassen. Niemand zu sehen. Kein Auto fährt.

Dann entdecke ich die beiden unter einer riesigen Linde. Sie küssen sich. Lange. Dazu Bewegungen unterhalb der Gürtellinie, die ich aber nicht präzise ausmachen kann. Irgendwann löst Daphne sich von Brunner. Seine Hand greift nach ihr – ins Leere. Sie geht ein paar Schritte rückwärts (vielleicht, um ihn davon zu überzeugen, wie schwer ihr der Abschied fällt), dann dreht sie sich auf einmal um und läuft die Straße hoch, bis sie in der Dunkelheit verschwunden ist.

Brunner sieht ihr (verhältnismäßig kurz) nach, dann zündet er sich eine Zigarette an. Und wartet. Dann blickt er auf seine Armbanduhr. Jetzt erst fällt mir auf, dass er an einer Straßenbahnhaltestelle steht.

Ich beobachte ihn eine Weile und stelle nebenbei mit Erleichterung fest, dass mein Herzschlag zu seinem normalen Rhythmus zurückgefunden hat.

Dann ist aus der Ferne ein heiseres Quietschen zu vernehmen. Das Geräusch, das entsteht, wenn Metall auf Metall reibt. Ich nehme dies als Stichwort und mache mich auf den Weg.

Brunner blickt gedankenverloren auf die andere Straßenseite und raucht. Dank meiner Kreppsohlen bemerkt er es innerhalb weniger Tage ein zweites Mal nicht, dass ich mich ihm nähere. Ich halte mich dicht an der Mauer, die an den Bürgersteig grenzt. Schon rieche ich den Rauch seiner Zigarette. Das metallische Quietschen wird immer lauter. Er nimmt einen letzten Zug, inhaliert, dann schnippt er die Kippe auf die Straße. Als er den Rauch ausbläst, stehe ich direkt neben ihm.

Er erschrickt kurz, als er mich bemerkt, fängt sich aber genauso schnell wieder und sagt: »Was ist denn das jetzt? Wo kommst'n *du* jetzt her?«

Ich spüre, wie er es genießt, diese Sätze aus fast anderthalb Köpfen Höhenunterschied zu mir hinunter zu rufen. Das laute Reiben des Metalls gestattet mir als Antwort lediglich noch ein Schulterzucken, dann ziehe ich mir mit einer schnellen Bewegung die Jacke über den Kopf. Durch den schmalen Schlitz vor meinem Gesicht kann ich erkennen, wie er mich völlig entgeistert ansieht.

»Weißt du, was ich glaube?«, sagt er jetzt, dann unterbricht ihn der Krach der in die Haltestelle einfahrenden Straßenbahn.

Das dicke Männchen tritt flink einen Schritt zurück, dann versetzt es seinem Bankkollegen einen kräftigen Stoß.

Brunner stürzt nach vorn, taumelt, rudert mit den Armen in der Luft, dann verliert er das Gleichgewicht, im Fallen dreht er sich (eine akrobatische Hilflosigkeit, die in einem letzten Blickkontakt mit mir ihren Höhepunkt findet) und fällt auf die Schienen.

Durch die eine Sekunde Reaktionszeit, die von der Fachwelt traditionell jedem Verkehrsteilnehmer zugestanden wird, betätigt der Straßenbahnfahrer die Klingel erst dann, als er Brunner mit seiner Tram längst überrollt hat.

Das Männchen hält den Kopf noch so lange mit seiner Jacke bedeckt, bis es die nächste Straßenecke erreicht hat.

Das Leben tut weh.

Ich steuere – etwas außer Atem – auf meine Etage zu, als mich ein jüngeres Pärchen auf dem Treppenabsatz überholt und auf die Tür neben meiner Wohnung zugeht. Ich will gerade den Schlüssel ins Schloss stecken, als ich einen moschusartigen Geruch wahrnehme: das Cowboy-Eau-de-Toilette aus meinem Apartment. Das Mädchen und der junge Mann verschwinden kichernd in der Nachbarwohnung. Ich bleibe auf dem Gang stehen.

Weil mir auf die naheliegendste Frage keine Antwort einfallen will, schiebe ich nun den Schlüssel ins Schloss und halte abermals inne. Ich bücke mich zu den beiden Tesastreifen an meiner Wohnungstür hinunter: Mein rötliches Haar ist unversehrt. Unverdrossen hat es heute den ganzen Tag lang meine Wohnung bewacht. Ich drehe den Schlüssel im Schloss um und schiebe die Tür langsam auf. Das Haar zerreißt geräuschlos genau in der Mitte.

Ich betrete meine Behausung und stelle fest, dass ich etwas enttäuscht bin.

Der tapfere kleine Held dieses Abends streicht noch schnell den Namen *Alois Brunner* aus dem Fernsprechverzeichnis der nächtlichen Isar-Metropole, dann schlüpft er gleich ins Bett, ausnahmsweise ohne sich die Zähne zu putzen.

Er liegt mit offenen Augen da und starrt an die Decke.

Er versucht gar nicht erst, alternative Schlafpositionen einzunehmen, weil er weiß, dass er nicht einschlafen kann.

Wie soll es denn jetzt weitergehen?

Der kleine Held zuckt mit den Schultern.

Das Leben tut weh.

Vielleicht nehmen viele Menschen deswegen Drogen oder Alkohol zu sich, überlegt er. Um den Schmerz zu lindern. Vielleicht ist das der eigentliche Fluch des menschlichen Daseins? Dass man ständig gegen diesen Schmerz ankämpfen muss.

22. August

Heute Nacht habe ich von Schmetterlingen geträumt.

Die buntesten Exemplare waren da zusammengekommen! Alle Größen, alle Formen. Manche hatten an ihren Flügelenden fast barock anmutende Verzierungen, und sie gaukelten um mich herum. Geräuschlos. Nur den winzigen Luftzug konnte ich spüren, wenn der eine oder andere Falter ganz nah an meinem Gesicht vorbeiflatterte.

Ich schwebte zwischen ihnen. Wir hatten keine Angst voreinander. Wir verstanden uns gut. Viele kannte ich ja schon. Von früher. Alte Bekannte. Auf einmal stoben sie auseinander, als wollten sie jemandem Platz machen.

Ein rundes Gebilde stieg nun zwischen uns auf. Ganz langsam. Ein Luftballon. Mit einem Herzen darauf. Ich sah nach unten und erkannte Snoopy. Er blickte seinem Luftballon hinterher. Sein wellenförmig gezeichneter Mund verriet, dass er die Situation noch immer nicht ganz im Griff hatte.

Ich sah hoch, verfolgte den Flug des Luftballons. Er stieg zwischen den Schmetterlingen immer weiter nach oben, wurde immer kleiner. Unmittelbar bevor er verschwunden war, gab es plötzlich einen Knall, und ehe ich mich versah, wurde mir klar, dass ich gefangen war. Gefangen in einem hellen, transparenten Stoff, der mit Schmetterlings-Motiven bedruckt war. Wie wild fuchtelte ich nun mit den Armen herum, wie von Sinnen, in totaler Panik, bis ich ruckartig meinen Kopf unter Marlenes Sommerkleid hervorriss und – der Ohnmacht nahe – nach Luft japste.

Marlene blickte zu mir hinunter und begann zu kichern. Als wäre das alles doch nicht so schlimm. Als müsste ich es doch jetzt langsam wissen. Sie streckte ihre Hand aus, streichelte mir über den Kopf. Das Wort »Dummerle« lag ihr auf den Lippen, aber ich konnte an dem Zucken ihrer Nasenflügel erkennen, wie sie es sich verkniff, um unsere junge Beziehung nicht mit diesem Kosenamen zu überschwemmen. Stattdessen sagte sie, etwas ernster werdend: »Ich bin doch da.«

Um 4 Uhr 27 hat mich heute Morgen der Polizeibeamte geweckt. Telefonisch. Ob bei mir alles in Ordnung sei.

»Ja«, sagte ich verschlafen, »mir geht es gut.«

»Gut«, hörte ich am anderen Ende der Leitung, und dann noch mal »gut«. Der Kollege, der heute Nacht meinen Hauseingang observieren sollte, habe sich bei seinem siebenjährigen Sohn mit Mumps angesteckt und sei deshalb überraschend ausgefallen.

»Oje«, sagte ich. Und dann teilte mir der Beamte mit, dass mein Bankkollege Brunner heute Nacht ermordet worden sei.

Ich ließ eine Weile wortlos verstreichen, sagte gar nichts, dann atmete ich zwei Mal kräftig in den Hörer und presste ein leises »nein …« hinterher.

»Doch«, sagte der Polizeibeamte, »… doch.« Brunner sei vor eine Straßenbahn gestoßen worden.

Es muss ein entsetzlicher Anblick gewesen sein. Der Fahrer setzte auf polizeiliche Anordnung hin die Straßenbahn sieben Meter zurück, damit man die drei Teile Brunners bergen konnte.

Ich entschied mich für eine weitere Pause. »Was mach ich denn jetzt?«, hauchte ich ihm dann zu, froh, trotz der plötzlichen Intimität des Gesprächs seinen Mundgeruch nicht ertragen zu müssen.

»Sie machen gar nichts«, sagte er streng, »Sie ziehen endlich zu Ihrer Verlobten und verlassen das Haus nur noch zu zweit. Haben Sie mich verstanden?«

»Was mach ich denn jetzt ...?«, heulte ich noch mal, dann legte ich auf.

Ich sitze aufrecht in meinem Bett. Es ist dunkel im Zimmer, aber ich schalte die Nachttischlampe nicht an.

Ich werde nicht mal verdächtigt.

Dann klingelt das Telefon schon wieder. Ich hebe ab.

»Hast du ...«, beginnt Marlene ansatzlos, und dann, etwas gebremster: »... schon gehört?«

Ich sage: »Ja.«

Eine Pause entsteht.

»Warum?«, kommt schließlich von Marlene.

Und dann von mir ein »... tja«.

»Bist du allein?«

»Ja.«

Sie lässt eine weitere Pause entstehen, bevor sie mich fragt: »Willst du mir etwas sagen?«

Das dicke Männchen antwortet: »Nein.«

Schweigen am anderen Ende der Leitung.

Dann sagt sie: »Willst du vorbeikommen?«

»Nein.«

»Vielleicht wäre das besser?«

»Nein.«

»Du sagst immer ›Nein‹!«

»Ja.«

»Dann komm ich jetzt zu dir!«

»Nein«, sagt das Männchen. »Nein.« Dann legt es auf.

Ich hätte es so leicht im Leben, wenn ich einfältig wäre. Alles wäre so einfach. Diese Möglichkeiten: eine peinliche Situation als eine solche erst gar nicht wahrnehmen zu können (und zu müssen). Eine spitze Bemerkung über mein Äußeres nicht zu verstehen und deshalb zu vergessen, anstatt sie als Dauerauffrischung für Sich-unwohl-Fühlen ein halbes Leben lang mit mir herumzuschleppen? Keinen Gedanken daran verschwenden zu müssen, wer was wann und warum vielleicht von mir hält.

Auch Einfältigkeit kann Türen öffnen. Diese unbekümmerte Lebensselbstverständlichkeit schiebt oft schlauere Erdenbewohner zur Seite, weil diese eben nicht den geraden Weg gehen, sondern sich in Einbahnstraßen, Sackgassen und allen möglichen Umwegen ins Abseits denken.

Wer sagt mir eigentlich, dass meine Gedanken nicht selber einfältig sind?

Fragend blicke ich in den Spiegel. Ich greife gerade nach der Zahnbürste, als meine empfindliche, den Anforderungen dieses Tages gegenüber noch völlig unvoreingenommene Morgennase den Duft von Leder und Lagerfeuer wahrnimmt. Ganz stark.

Ich verharre regungslos vor dem Waschbecken, entschlossen, der Sache endlich auf den Grund zu gehen. Dann lege ich vorsichtig Zahnbürste und Zahnpastatube auf den Rand des Waschbeckens (vielleicht, um die unbekümmerten Geruchsmoleküle nicht in die Flucht zu schlagen) und schleiche in meinen Wohnraum.

Der Geruch ist weg. Auch in der Diele … nichts. An der Wohnungstür … auch nichts.

Vielleicht habe ich mich getäuscht? Ich gehe zurück ins Bad … und stehe in einer Wolke Cowboy-Eau-de-Toilette.

Völlig verwirrt will ich mich auf den Toilettendeckel setzen, als mein Blick auf den Entlüftungsschlitz unter der Decke fällt. Ich steige vorsichtig auf das Klo und schnuppere an dem kleinen Gitter (das ich mal wieder putzen könnte): Intensive Duftwolken kommen mir da entgegen!

Ich halte ein Ohr an die Öffnung und höre Stimmen und ein leises Lachen, von nebenan – von dem jungen Pärchen, das munter und gemeinsam seine Morgentoilette bestreitet. Der neue Freund der Nachbarin! Sein Balzduft also war's, der sich – wie eine stumme Aufforderung – in meiner partnerschaftsfreien Zone breitgemacht hatte.

Ich komme gerade aus dem Bad, nachdem ich mir endlich die Zähne geputzt habe, als die Tür der Nachbarwohnung ins Schloss fällt.

Ich trete an den Spion und sehe, wie der neue Freund meiner Nachbarin an meinem Guckloch vorbei – und dann die Stufen des Treppenhauses hinuntertänzelt. Glücklich. Schlampig. Schlank. Mit einem Hauch von Lagerfeuer.

Überall ist Glück um mich herum.

Ich wende mich vom Spion ab, drehe mich um, lehne mich mit dem Rücken an die Tür. Mein kleiner Wohnraum. Das Fenster dahinten. Die beiden Tauben schon wieder.

Der Spruch kommt mir in den Sinn: *Das Glück ist zum Greifen nah.* Wo? Wo denn?

Ich ziehe mich an, klemme meine Mappe unter den Arm und mache mich auf den Weg zur Arbeit.

Vor der Filiale steht ein Kamerateam. Eine Frau hat sich mit einem Mikrophon vor der Bank in Position gebracht und spricht Sätze in die Kamera. Ein paar Passanten stehen herum und gaffen. Auf dem Parkplatz parkt ein Polizeiwagen, ein Polizist steht davor und telefoniert.

Ich mache einen Bogen um die Filmleute und verschwinde in der Filiale.

Leitmeier fängt mich gleich am Eingang ab und berichtet mir von Brunners Tod. Er ist völlig aufgelöst, stottert auch ein paar Mal. Für pathetische Gesten lässt ihm sein enges Nervenkostüm heute keinen Spielraum. Ich nicke mechanisch, ohne ihm zuzuhören, denn hinter ihm in der Schalterhalle herrscht reges Treiben: Alle Angestellten – außer Yvonne und Daphne – stehen herum und reden aufgeregt durcheinander. Ich sehe Marlene, die mich längst entdeckt hat. Vor ihr steht, den Rücken mir zugewandt, ein Mann. Als er ihren Blick bemerkt, dreht er sich zu mir um: Der Polizeibeamte. Leitmeier sagt noch irgendwas und legt mir eine Hand auf die Schulter – wie ein Segen –, dann steuert er auf Thannhuber zu, der auf dem Boden vor der Kasse sitzt und weint.

Der Polizeibeamte kommt auf mich zu. Ich blicke zu Marlene hinter ihm. Sie sieht zu mir herüber und zieht dabei bedeutungsvoll die Augenbrauen hoch. Sie streckt mir langsam ihre beiden Handflächen entgegen, alle zehn Finger weit auseinandergespreizt, danach lässt sie die linke Hand sinken und reckt mit der rechten den Daumen und den Zeigefinger hoch. Für »zwei«.

Dann steht der Polizeibeamte auch schon vor mir. Ich trete eine knappe Fußlänge zurück, bis ich auf Tuchfühlung mit der Wand hinter mir bin. Mein Fluchtrahmen ist damit ausgeschöpft.

Er tritt genau die eine Fußlänge nach, legt mir eine Hand auf die Schulter (der zweite Segen heute Morgen) und sagt:

»Und?«

Ich nicke kurz und stoße mit brüchiger Stimme ein »geht schon« hervor. Zu wenige Worte, um seinen warmen Atem wegzublasen. Aus seinem rechten Nasenloch lugen zwei Haare hervor. Heller als sein Kopfhaar. Gegerbt von schlechter Luft.

»Ich muss Sie das jetzt fragen«, sagt er und zuckt entschuldigend mit den Schultern. »Wo waren Sie gestern Abend?«

»Bei meiner Verlobten«, sage ich, »bei Marlene.«

Er nickt und schließt dabei kurz und gütig die Augen. »Bis wann?« Er atmet kurz und tief ein und die beiden Härchen verschwinden in ihrem Nasenloch.

»Bis so um zwölf«, sage ich, »… warum?«

Er bläst die zurückgehaltene Luft wieder aus. »Egal«, sagt er und lächelt mich erleichtert an. »Ich muss das fragen. Routine.«

Und schon ist Marlene an uns herangetreten und schlingt ihre Arme um mich. »Entschuldigung«, sage ich, »das ist …«

»… ganz normal«, vollendet der Beamte meinen Satz. »Das ist eine ganz schlimme Zeit für Sie beide. Aber verlassen Sie sich auf uns. Dieser Albtraum ist bald vorbei. Sehr bald sogar.«

»Ja«, sage ich und will mich dabei aus Marlenes Umklammerung lösen.

Der Polizeibeamte blickt auf seinen Notizblock. »Sie waren gestern Abend kurz bei Ihrer Kollegin Yvonne Ringwald zu Besuch?«

»Ja«, sage ich, »ganz kurz. Um ihr das Trostgeschenk vorbeizubringen.«

»Das Trostgeschenk?«

»Ja. Wenn einer der Mitarbeiter unserer Filiale einen Todesfall in seinem Umfeld zu beklagen hat, versuchen wir Kollegen, ihn mit einer kleinen Aufmerksamkeit zu trösten.«

Er nickt, dann wendet er sich an Marlene: »… und Sie …«

»Ich habe ihn gefahren«, sagt sie und löst damit endlich die Umarmung. »Ich hab im Wagen vor dem Haus auf ihn gewartet. Ich konnte nicht mit rein. Ich kenne mich, da kommt dann alles wieder hoch …«

Der Beamte nickt und macht sich eine Notiz. »Das war um …?«

»Kurz vor neun«, sage ich, und Marlene sagt: »Ja.«

Er sieht uns abwechselnd an: »… und dann?«

»… sind wir wieder zu mir«, antwortet Marlene und wischt mir mit der Hand eine unsichtbare Schuppe von der Schulter. Ich höre ihren unruhigen Atem an meinem rechten Ohr und ein leises Gurgeln irgendwo tief in ihrer Kehle.

»Danke«, sagt der Beamte. »Das war's.« Er klappt sein Notizbüchlein zu und steckt es ein. Augenblicklich bekommt sein Blick etwas Privates. Klebriges. »Können Sie sich denn heute so einfach hinter Ihren Schalter setzen und arbeiten, als wär nichts passiert?«

»Nein«, sagt Marlene, und ich sage zeitgleich: »Ja.«

Der Beamte zieht eine Augenbraue hoch und sieht mich an. Seine beiden verwitterten Nasenhaare verharren regungslos vor ihrer Höhle, als erwarteten sie von mir eine Erklärung. »Ja«, bekräftige ich meine Aussage, »… wenn Marlene bei mir ist. Sonst: Nein.«

»Ja«, sagt Marlene.

In diesem Moment wird es unruhig in der Filiale. Die Moderatorin steht mit ihrem Kamerateam im Eingang und möchte Leitmeier interviewen.

»Wenn ich noch Fragen habe, rufe ich Sie an«, sagt der Beamte und macht sich mit einem »Entschuldigung« auf den Weg Richtung Thannhuber, der nach wie vor auf dem Boden vor meinem Kassenraum kauert und sich noch immer nicht für die Theatralik schämt, die er dadurch verströmt.

»Hast du zwölf Uhr gesagt?«, fragt mich Marlene.

»Zwölf Uhr. Ja«, sage ich artig.

Sie drückt mir ihre feuchte Stirn an die Wange, dann steuert sie auf ihren Schalter zu.

Da geht sie.

Meine Nase folgt ihr ein paar Zentimeter, dann hält sie verblüfft inne: Nein, auch die unfreiwillige körperliche Nähe zu meiner Kollegin konnte an diesem Morgen meine schlimmsten Befürchtungen nicht bestätigen. Heute ist kein Schweißgeruch auszumachen.

Nach der Mittagspause verläuft der Betrieb unserer Filiale mehr oder weniger wieder in geregelten Bahnen. Um kurz nach fünf spuckt mich mein Arbeitsplatz aus. In den Feierabend. Ich haste zur Straßenbahnhaltestelle, damit ich nicht auf Marlene treffe. Auf einem Zeitungskasten lese ich die Schlagzeile:

Banken-Mörder!
Schon drei Tote auf seinem Konto!

Die Tram fährt mich durch die Stadt. Ich sitze auf einem Platz, den ich bei Aufforderung einem Behinderten freimachen muss, spiele in Gedanken diverse Versehrungsarten durch und frage mich, ab welcher körperlichen Unglückskonstellation es einem Mitbürger erlaubt wäre, mir diesen Platz streitig zu machen.

Wahrscheinlich hat man sich, um derartige Diskussionen in öffentlichen Verkehrsmitteln zu vermeiden, dazu entschlossen, eine Linie zu definieren, ober- (oder unter-)halb derer man in Form eines Behindertenausweises mit staatlich garantierter Bevorzugung rechnen darf.

Soziale Defizite scheinen nicht berücksichtigt zu werden, womöglich, weil deren Interpretation zu subjektiv und damit zu schwammig ausfallen dürfte (wer sollte das auch definieren), obwohl ›schwammig‹ natürlich eine Klassifizierung wäre, die mich jederzeit für die *körperliche* Disqualifikation empfehlen könnte.

Egal.

Ich bleibe sitzen und fühle mich als Besitzer eines imaginären Behindertenausweises.

Ich blicke aus dem Fenster. Die Dinge spitzen sich zu.

Das Männchen wird sich der Tatsache bewusst, dass es allmählich eng wird.

Plötzlich bremst die Straßenbahn mit einem scharfen Ruck. Die Klingel schrillt. Ich schrecke auf. Denke an gestern Nacht. Die stehenden Passagiere um mich herum bemühen sich, schnell ihr Gleichgewicht wiederzufinden, indem sie sich (eine Hand in der Halteschlaufe eingehängt) unauffällig einzupendeln versuchen. Unterbrochene Souveränität. Ganz kurz. Eine umgefallene Tüte. Zwei Äpfel kullern.

Ein Bauarbeiter war's. Beziehungsweise der Schlauch seines Presslufthammers. Wir rollen weiter.

Auf einmal spüre ich den bohrenden Blick eines Augenpaares in meinem Rücken. Ich drehe mich langsam um. Ein Mann um die sechzig steht neben meinem Sitz und versucht auf zwei Krücken in der ruckelnden Bahn das Gleichgewicht zu halten. Ich wende mich wieder ab und blicke aus dem Fenster.

Ich hatte auch einmal Krücken. Einmal. Ich war zwölf oder dreizehn. Ein toter Dachs lag am Straßenrand. Ich kannte dieses Tier bis zu jenem Tag nur aus dem Biologiebuch. Beim Absteigen von meinem Bonanzarad blieb ich mit dem (in dieser Zeit) extraweiten Schlag meiner Jeans-Imitathose am vorderen Ende des Bananensattels hängen und zog mir während des unvermeidlichen Sturzes eine Platzwunde auf der Stirn zu. Und einen Kreuzbandriss. Ich weiß noch, wie stolz ich darauf war, mit den beiden Krücken in der Schule herumzuhumpeln.

Ich verzichte darauf, mir seinen Behindertenausweis vorzeigen zu lassen, und stehe auf. Der Mann setzt sich umständlich – ohne ein Wort des Dankes – und klemmt die beiden Krücken routiniert zwischen Sitz und Scheibe.

Ich stehe nun auf seinem ursprünglichen Platz und starre wiederum ihn von hinten an. Er blickt trübe aus dem Fenster. Wahrscheinlich ein Frührentner. Jedenfalls sieht er so aus. Sein dunkles Haar ist am Hinterkopf schon ziemlich dünn, die nackte, helle Kopfhaut kommt darunter zum Vorschein, eine täglich etwas dringlicher werdende Aufforderung, irgendwann die Frisur zu ändern. Wie um dieses Thema erneut auf unbestimmte Zeit zu verschieben, streicht sich der Mann jetzt das vordere, längere Haar zurück, über die kahle Stelle.

Ich denke an meinen Vater. Am Steuer seines Ford Taunus 17 m. Ich auf der Rückbank, links hinter ihm. Immer. Meine Mutter auf dem Beifahrersitz, mit Zigarette, ihr Seitenfenster geöffnet. Immer. Der rüttelnde Fahrtwind, der den

Rauch ihrer Zigarette zu mir in den Fond des Wagens und dann wieder nach vorne blies, über den Hinterkopf meines Vaters hinweg, die sorgsam nach hinten gestrichenen Haare aufwirbelnd, die kahle Stelle auf seinem Hinterkopf entblößend, um dann am Armaturenbrett entlang weiterzuziehen, Richtung Fenster, am Gesicht meiner Mutter vorbei, die soeben den nächsten Zug von ihrer Zigarette nahm. In den Pausen zwischen den Zigaretten klappte sie die Sonnenblende herunter und betrachtete sich in dem kleinen Schminkspiegel, dann zog sie sich die Lippen nach und fletschte anschließend die Zähne, um sie mit einem Fingerwischer von Lippenstiftresten zu säubern. Währenddessen drehte mein Vater manchmal seinen Rückspiegel etwas nach links, so weit, bis ich sein Gesicht erkennen konnte. Und er meines.

Ist dir nie in den Sinn gekommen, für wen sie sich geschminkt hat?

Mein Vater war bei der Stadt angestellt, genauer gesagt im Referat für Stadtplanung, noch genauer gesagt war er dort für die Lokalbaukommission tätig, Bereich Mitte-Ost, und wenn man es ganz genau nimmt, hat er dort den Bebauungsplan der Stadt aktualisiert. Das heißt, er hat mit Tipp-Ex Häuser verschwinden lassen und mit Lineal und Bleistift neu entstandene Gebäude hinzugefügt. Diese Pläne hat er dann bei Bedarf kopiert und an potentielle Bauherren oder deren Architekten ausgehändigt.

Zu meinem zehnten Geburtstag schenkte er mir eine Kopie mit dem Ausschnitt unseres Wohnviertels. Die Straße war an beiden Seiten von kleinen Kringeln gesäumt, die unten durch einen Haken unterbrochen waren. Das war das Zeichen für Laubbäume, erklärte er mir. Nadelbäume indes wurden als kleines Dreieck mit Haken dargestellt. An der

Kreuzung war ein großes Rechteck eingezeichnet, das Mietshaus, in dem wir im zweiten Stock wohnten. In dieses Rechteck hatte er in Schablonenschrift meinen Namen eingetragen, dann den meiner Mutter und dann seinen eigenen.

Er beobachtete mich stumm durch den Rückspiegel, unterbrochen von den Blicken, die er in regelmäßigen Abständen auf den Straßenverkehr richten musste. Da ich in dem schmalen Ausschnitt des Spiegels lediglich sein Augenpaar sehen konnte, stellte ich mir vor, dass er lächelte.

Irgendwann schraubte meine Mutter den Lippenstift zu und klappte die Sonnenblende wieder nach oben. Und dann drehte mein Vater den Rückspiegel von mir weg, zurück in seine alte Position, und meine Mutter blickte – wenn sie das bemerkte – kurz nach hinten und dann zu ihm, eine winzige Irritation, die sie aber beim Anzünden der nächsten Zigarette schon vergessen hatte, und der Rauch zog wieder im Uhrzeigersinn durch den Wagen.

Der Mann auf meinem ehemaligen Sitzplatz streicht sich jetzt wieder sein dünnes Haar nach hinten und damit auch meine Gedanken weg.

An der nächsten Haltestelle muss ich aussteigen.

22. August, abends

Heute Abend hat das Telefon geklingelt.

Drei Mal.

Drei Versuche.

Ich ließ es jedes Mal so lange läuten, bis der Anrufer am anderen Ende der Leitung aufgegeben hatte.

23. August

Heute ist Freitag. Mein letzter Arbeitstag. Endlich Urlaub. Morgen Abend geht's los. Grömitz an der Ostsee. Abfahrt 18.20 Uhr vom Hauptbahnhof.

Ich sitze hinter meiner Glasscheibe. Mein Blick wandert durch die Filiale.

Die Bank wirkt wie ausgestorben. Brunners Schalter ist geschlossen. Jemand hat ein paar selbst gepflückte Blumen auf den Tresen gestellt und eine brennende Kerze. Daphne hat die Gelegenheit genutzt, sich wieder beurlauben zu lassen (angeblich, um psychologische Hilfe in Anspruch zu nehmen), und Thannhuber macht den Eindruck, als wäre er gar nicht da. Er sitzt gedankenverloren hinter seinem Schalter und starrt auf seinen Bildschirm. Seine rechte Hand liegt auf der Maus und schiebt sie in mechanisch-kreisenden Bewegungen hin und her.

Da entdecke ich Marlene, sie bespricht irgendwas mit Leitmeier. Sie hat sich das Haar zu einem gewagten Turm auftoupiert und das statisch bedenkliche Gebilde (wahrscheinlich) mit viel Haarspray eingefroren. Ein luftiges Leinenjäckchen und dazu die passende Hose, dreiviertellang, und das Ganze auf Schuhen, die ich von hier aus nicht sehen kann, die aber über ziemlich hohe Absätze verfügen müssen, weil Marlene unseren Filialleiter heute um einen halben Kopf überragt.

Leitmeier versucht sich die leichte Verwirrung über Marlenes ungewohntes Erscheinungsbild nicht anmerken zu lassen und zupft dafür als Ersatzhandlung in unregelmäßigen Abständen an seinem linken Ohrläppchen. Schließlich beendet er das Gespräch mit einem Nicken und verschwindet in seinem Büro.

Marlene greift sich kurz kontrollierend ans Haar, ohne es zu berühren, dann macht sie auf einem der hohen Absätze kehrt und kommt mit entschlossenen Schritten auf meinen Kassenraum zu. Schnell senke ich den Blick und vergrabe ihn zwischen den Devisen, die ich noch sortieren muss. Das harte Klacken ihrer Metallabsätze schwingt durch die Filiale und dann durch den Schlitz der Geldausgabe zu mir herein. Schon ist sie da. Sie klopft an die Scheibe und ich richte mich überrascht auf.

»Guten Morgen«, sagt sie.

Ich nicke.

»Ich hab versucht, dich anzurufen.«

»Wann?«

»Gestern Abend.«

Ich zögere einen Moment zu lange. »Wie oft?«

»Einmal. Warum?«

Ich zucke mit den Schultern.

»Hast du was Dunkles zum Anziehen?«, fragt sie.

»... was?«

»Was Dunkles. Für die Beerdigung.«

»Von wem?«

»Von Alois. Am Montag um elf Uhr. Wir sperren den ganzen Tag zu. Das war Leitmeiers Idee.«

»Aber ... da hab ich doch schon Urlaub.«

»Wir gehen *alle* hin. Du auch. Ich hol dich ab. Punkt halb elf.«

»Aber mein Zug geht doch schon morgen.«

»Kannst du vergessen. Ich muss am Wochenende sowieso noch mit dir reden. Hast du was Dunkles?«

»Weiß ich nicht. Ich …«

»Dann besorg dir was.«

Sie hinterlässt einen Blick, der keinen Widerspruch duldet, und stakst zurück durch die Schalterhalle.

Ich blicke ihr leicht benommen hinterher, und während ihre letzten Worte sich noch den Weg in mein Gehirn bahnen, um dort verarbeitet zu werden, bewundere ich unwillkürlich die Selbstsicherheit, mit der Marlene über das Parkett unserer Schalterhalle schwebt. Als sie hinter ihrem Schalter verschwunden ist, bemerke ich, dass mir der Mund offen steht.

Es ist 08.50 Uhr und noch kein Kunde hat sich heute Morgen in unsere Bank verirrt. Ich frage mich, wer die Blumen für Brunner gepflückt haben mag, und versuche mir Marlene vorzustellen, im Morgengrauen, in ihrem neuen Leinenanzug und mit Stöckelschuhen, mitten in einer Wiese. Die Flamme der Kerze flackert auf einmal. Ich blicke zum Eingang. Yvonne betritt die Filiale. Ihr erster Blick – und darauf lege ich Wert – gilt mir.

Das Blut schießt mir ins Gesicht. Ich versuche ein Lächeln, und das scheint mir zu gelingen, da es scheu erwidert wird. Und dann winkt sie mir kaum merklich zu. *Mir!* Eine Ladung Adrenalin flutet meinen Körper, so heftig, dass ich fast Marlenes prüfenden Blick übersehe. Yvonne geht nun auf Leitmeier zu, der sie gebremst väterlich an den Schultern drückt. Sie wechseln ein paar Worte. Thannhuber winkt ihr müde zu. Sie erwidert seinen Gruß und tritt hinter ihren Schalter. Sie stellt ihren kleinen Rucksack ab, schaltet den Computer ein, tippt etwas in die Tastatur und setzt sich.

Was würde ich darum geben, dein Passwort zu sein!

Als hätte sie meine Gedanken gehört, dreht sie sich plötzlich zu mir um. Sie steht auf, geht um ihren Tresen herum und kommt geradewegs auf meine Kasse zu. Bevor ich mich versehe, steht sie vor dem Geldausgabeschlitz. Langsam erhebe ich mich von meinem Sessel und nähere mich der Scheibe, wie in Zeitlupe, aus Angst, dieses wunderbare Geschöpf in die Flucht zu schlagen. Vorsichtig bücke ich mich zum Sprechschlitz herunter, aber Yvonne weicht nicht zurück, keinen Millimeter, im Gegenteil, sie beugt sich sogar etwas nach vorne. Der vertraute Duft von *Shalimar* strömt durch die schmale Panzerglasluke zu mir herein und betäubt meine letzten Zweifel, ob ihre Aufmerksamkeit in diesem Moment wirklich mir gilt.

»Danke«, sagt sie jetzt. »Danke noch mal für dein Geschenk, für das …«

»Ein Affe«, sage ich, »… eigentlich ist das ein Affe, auch wenn er ein bisschen wie eine Katze aussieht. Diese Gattung heißt ›Vari‹.«

Sie lächelt und nickt, aber ich bin mir nicht sicher, ob sie mich nicht für geisteskrank hält. Sie sagt: »Das vorgestern Abend war irgendwie blöd, mit der Daphne und dem Alois, aber …«

»… das hat er nicht verdient«, füge ich schnell hinzu.

Sie stutzt einen Moment lang. »Ja. Nein, natürlich nicht, das hat er natürlich nicht verdient … Gott, nein, aber … ich meine … dass ich dich gar nicht mehr reingebeten habe.«

Ihre Oberlippe ist ein bisschen feucht. Irgendein Deckenlicht der Filiale hat die Ehre, sich auf diesem weich glänzenden Film reflektieren zu dürfen. Dann sagt sie: »Ich weiß, das klingt jetzt …« Sie ringt nach Worten. »… ich fühl mich so schlecht, dass ich das jetzt sage, aber, wenn ich ehrlich bin

… also … eigentlich wollte ich, dass die beiden endlich gehen.«

»Ich auch«, versichere ich ihr.

Sie blickt mich fragend an.

Um diesen Fauxpas auszubügeln, flüchte ich mich schnell auf bewährtes Konversations-Mittelmaß: »Ich wollte, dass du mal ein bisschen zur Ruhe kommst, nach allem, was …«

»Ja«, sagt sie, »… ich weiß. Das ist alles so schrecklich.« Sie wischt sich mit dem Finger über den Mund. »Ja, das wollte ich dir sagen …«

»… was?«, frage ich vorsichtig.

»… ich wollte dir sagen, dass …« Sie zerreibt die weggewischte Feuchtigkeit ihrer Oberlippe zwischen Zeigefinger und Daumen. »… wie lieb ich das von dir finde, dass du dich so um mich kümmerst.« Ihre Stimme bricht bei den letzten Worten und Tränen steigen ihr in die Augen.

Ich spüre, wie sich ein Kloß in meinem Hals breitmachen möchte, um die Luftzufuhr zu unterbinden, die ich benötige, um sprechen zu können. Aber da sagt mein Mund schon: »Also, wenn du möchtest, können wir uns ja mal treffen, nach der Arbeit. Irgendwohin gehen. In Ruhe reden. Was meinst du?«

Yvonne sieht mich einen Moment lang stumm an. Es ist ihr nicht gelungen, den kleinen Schrecken zu verbergen, den mein Angebot ausgelöst hat. Als Entschuldigung lächelt sie mich etwas hilflos an. Eine leichte Anspannung hat auf einmal von ihrem Körper Besitz ergriffen. »Das ist …«, beginnt sie und hält gleich darauf wieder inne. Sie streicht sich die Haare aus dem Gesicht, vermutlich, um Zeit für eine Ausrede zu gewinnen, dabei wandert ihr Blick zurück zu ihrem Schalter, als würde sie am liebsten sofort dorthin fliehen und mir den Rest der Antwort schuldig bleiben, da schiebt Marlene …

a. sich ins Geschehen und

b. Yvonne mit einer herzlich-entschlossenen Umarmung von meinem Schalter weg.

24. August

Gestern Abend hat mich Marlene angerufen. Sie klang leicht betrunken. Sie fragte mich, ob ich mir vorstellen könnte, mein Leben mit ihr zu verbringen.

Auf diese ungewöhnlich direkte Frage bekam sie eine ebenso direkte Antwort: »Nein.«

Da war das Gespräch auch schon beendet. Marlene hatte wortlos aufgelegt.

Später klingelte das Telefon noch ein paar Mal.

Umsonst.

Heute ist Samstag, und zu diesem Anlass habe ich das Telefon ausgehängt. Um 9.37 Uhr ist es schon so warm, dass das geöffnete Fenster keine Kühlung mehr versprechen kann. Ich beschließe gerade, eine Krawatte kaufen zu gehen, da klopft jemand an meine Wohnungstür.

Meine Schweißporen öffnen sich pflichtbewusst, halten aber inne, als ich an den Spion trete. Ich spähe aus meinem Käfig, in die optisch verzerrte Außenwelt.

In der Außenwelt steht Marlene.

Ich betrachte den Störenfried durch mein Guckloch. Marlene hat Lippenstift aufgetragen. Ziemlich viel.

Wozu soll Lippenstift eigentlich gut sein? Wenn die Person, für die diese Oberflächlichkeit aufgetragen wurde, das registriert, wird ihr doch zwangsläufig bewusst, dass hier etwas betont werden soll. Etwas, das offenbar bislang zu wenig Beachtung erfahren hatte. Aus gutem Grund.

Das Haar hat sie heute nach hinten genötigt. Eine ungewohnte Frisur, die wohl Strenge und Entschlussfreudigkeit signalisieren soll.

Oder Verzweiflung.

»Machst du auf?«, fragt Marlene.

Dazu sage ich nichts.

Sie streicht sich das verklebte Haar zurück in die neue Position.

Ich beobachte sie durch das Guckloch in meiner Tür, sehr darum bemüht, kein Geräusch zu machen, das meine Anwesenheit verraten würde.

»Machst du auf?«, sagen die bemalten Lippen noch einmal.

Das Männchen schweigt.

Das Gesicht meiner Bankkollegin dreht sich zur Seite. Um Luft zu holen. Um sich zu sammeln. Oder um sich zu vergewissern, dass niemand anderes diesem Gespräch folgt.

»Ich weiß doch alles«, sagt sie jetzt, »... und es ist mir egal.«

Meine Schweißporen lassen eine angemessene Dosis Flüssigkeit frei, die sogleich meinen schuldbeladenen Rücken hinunterfließt.

»Ich weiß, dass du mich beobachtest«, behauptet Marlene und versucht wieder einmal von außen durch meinen Spion zu spähen.

Irgendwo auf der Straße hupt ein Auto und jemand lacht.

»Bitte«, kommt dann. »... jetzt mach auf!«

Das Männchen hat Schwierigkeiten, das linke Auge so lange zuzukneifen, und hält sich dieses nun mit der linken Hand zu. Das rechte Auge aber bleibt am Ball.

Mein heißer Atem schwitzt das Guckloch zu, mit einem Wischer sind die Tröpfchen wieder weg.

»Komm, bitte ...!«, sagt Marlene, »... ich kann dir doch helfen.« Meine Bankkollegin atmet einmal tief ein und aus.

Es folgt ein weiteres Klopfen. Zaghafter.

Dann sagt sie: »Ich liebe dich.«

Das Männchen verharrt an seinem Ausguck. Die beiden Hände kleben daneben an der Innenseite der Tür.

Marlene blickt wieder nach links, dann nach rechts.

Auf einmal schiebt sich ihr Gesicht nach oben (sie muss sich dafür wohl auf die Zehenspitzen gestellt haben), auf jeden Fall ist jetzt ihr Dekolleté zu erkennen. Ihre Hände kommen ins Bild, die eine Hand von rechts, die andere von links.

Marlene zieht nun die Bluse auseinander und entblößt ihre beiden Brüste.

Riesige Brustwarzen. Wie kleine Teller. Flach. Unerregt.

Sie drückt ihre Brüste gegen die Tür und ich blicke in ein dunkles Tal.

Und horche. Ein leises Schluchzen in der Dunkelheit. Dann wird es wieder heller.

Die Brustwarzen haben sich durch den Kontakt mit der kühlen, abweisenden Oberfläche meiner Wohnungstür zusammengezogen und sozusagen Haltung angenommen. Sie blicken mich herausfordernd an.

Dann lässt sich Marlene von ihrer erhöhten Zehenspitzenposition herabsinken und ihr Gesicht erscheint wieder im Spionglas.

Ich sage nichts.

Sie wischt sich eine Träne aus dem rechten Auge, dann verstaut sie ihre beiden letzten Argumente wieder.

Sie putzt sich mit einem Taschentuch die Nase, wendet sich ab und geht auf die Treppe zu. Plötzlich bleibt sie stehen, dreht sich um und starrt auf meine Tür. Erschrocken zucke ich kurz zurück, dann hefte ich mein Auge wieder an das Guckloch.

Marlene scheint einen Entschluss gefasst zu haben. Sie stürmt nun mit riesigen Schritten auf meine Wohnungstür zu, trommelt wie wild mit den Fäusten dagegen und schreit:

»Mach auf!!! Mach die Tür auf!!!«

Ich blicke direkt in ihren – durch die Optik des Spionglases verzerrten – weit aufgerissenen Mund. Als ich besorgte Stimmen von nebenan höre, gewähre ich dem Störenfried zähneknirschend Einlass.

Meine aufdringliche Bankkollegin schlüpft in die Wohnung. Schnell schiebe ich die Tür wieder zu, blicke kurz durch den Spion, um mich zu vergewissern, dass … keine Ahnung, was, und drehe mich um.

Marlene steht vor dem Spiegel (in leicht gebückter Haltung, weil er auf meiner Augenhöhe angebracht ist) und versucht, ihr verlaufenes Make-up zu retten. »Das war eine vernünftige Entscheidung«, sagt sie und beginnt dabei, die schwarzen Kajal-Schlieren unter ihrem rechten Auge wegzuwischen.

»Was?«, frage ich.

Sie sieht mich an, als könne sie nicht glauben, dass ich diese Frage gerade ernsthaft gestellt habe. »Dass du mich reingelassen hast. Du weißt, wem ich als Nächstes einen Besuch abgestattet hätte!«

Ich sehe sie fragend an. Meine Knie werden weich, aber das Männchen hält den Blick – Marlene auch. Lange. Sehr lange. Eine Minute vielleicht. Oder für immer.

Es ist gefährlich, jemandem zu lange in die Augen zu sehen. Irgendwann beginnt sich eine vermeintliche Vertrautheit in den Vordergrund zu schieben, und dann blinzelt man sicherheitshalber demonstrativ, um (zum Beispiel in diesem Fall) die Absage an eine utopische Idee zu signalisieren.

»Hast du was zu trinken da?«, fragt die Verfechterin dieser Utopie und wendet sich wieder dem Spiegel zu. »Am liebsten was Alkoholisches.«

»Muss ich nachsehen«, antwortet der Blinzler und verschwindet erleichtert in der Küche.

Er fingert die beiden erst vor kurzem polierten Sektgläser hervor und dann eine uralte Flasche Prosecco, ein Werbegeschenk aus dem Supermarkt, überreicht von einer dieser welken Hausfrauen, die mit müdem Blick und roter Nase schon frühmorgens Wein in der Getränkeabteilung zur Verkostung feilbieten.

Ich suche vergeblich einen Korkenzieher, bis mir auffällt, dass ich lediglich den kleinen Drahtbügel aufbiegen muss. Dann umfasse ich den Korken und drehe ihn so lange, bis er sich mit einem resignierten »Pffft« vom Flaschenhals löst. Das Geräusch beschreibt ziemlich genau meine Euphorie, jetzt mit Marlene in meiner Wohnung zu hocken. Ich gieße den müden Perlwein in die beiden Gläser und betrachte den lustlosen Schaum, der sich anstandshalber auf der Oberfläche der Flüssigkeit gebildet hat. Ich stopfe den Korken wieder auf die Flasche und stelle sie – erstmals – in den Kühlschrank. Dann nehme ich die beiden Sektgläser … und halte auf einmal inne.

Irgendetwas beunruhigt mich. Etwas, das mir noch schlimmer zu sein scheint als die Aussicht, mit meiner Kollegin den Tag verbringen zu müssen. Meine Hände beginnen zu zittern. Irgendetwas hindert mich daran, in den Wohnraum zurückzugehen. Vielleicht die Ahnung, dass diese fünf Schritte etwas besiegeln könnten, als würde ich mit dem Sekt etwas beenden oder neu beginnen. Als würde ich dadurch auf das eine – oder andere – anstoßen.

Ich stelle die beiden Gläser auf der Spüle ab und lehne mich rücklings an die Wand. Und horche.

Kein Geräusch dringt von drüben in die Küche. Alles ruhig. Nur das leise Surren des Kühlschranks. Und das sporadische Bitzeln der letzten Bläschen, die sich den Weg an die Oberfläche in den beiden Sektgläsern erkämpft haben und dort erschöpft mit einem winzigen Seufzer verpuffen.

Was willst du von mir? Was glaubst du denn, was du bei mir findest? Ich gebe dir nichts. Gar nichts. Deine ganzen Bemühungen sind umsonst. Für was? Für wen? Für mich? Ich bin nicht da. Nicht für dich. Niemals! Was heißt: »Ich liebe dich«?! Du kannst mich nicht lieben! Weil ich nicht geliebt werde! Man liebt mich nicht! Niemand liebt mich! Also du auch nicht! Und ich will auch nicht von dir geliebt werden. Deine Liebe will ich nicht! Besonders deine nicht!

Ich kippe den Inhalt der beiden Sektgläser ins Spülbecken.

Dann atme ich einmal tief durch und gehe in den Wohnraum.

Er ist leer.

Niemand da. Von Marlene keine Spur. Ich gehe über die Diele ins Bad. Auch hier: niemand.

Sie ist weg.

Einen Moment lang stehe ich unschlüssig in der Diele, dann trete ich an den Spion und spähe nach draußen in den Gang. Keiner zu sehen. Gerade will ich mich wieder abwenden, da höre ich ganz unten die Eingangstür ins Schloss fallen.

Ich gehe zurück in den Wohnraum. Mein Blick fällt auf den Tisch. Darauf liegt mein Tagebuch. Ich hatte es nach dem letzten Eintrag dort vergessen. Ich bin mir sicher, dass es aufgeschlagen war. Jetzt ist es zugeklappt. Mein Füllfederhalter liegt daneben. Der Verbündete meiner Gedanken. Er liegt da und verrät nichts.

Gestern habe ich mir die schwarze Krawatte gekauft. Eine letzte Konzession an meinen verblichenen Kollegen. Diese Geste habe ich mich etwas kosten lassen: reine Seide mit diagonal verlaufender Struktur. Für das restliche Trauer-Outfit kann ich auf meinen Fundus zurückgreifen: Ein dunkelgrauer Geschäftsanzug, der so langweilig ist, dass ich ihn nach seinem ersten Einsatz (zu meinem 10-jährigen Bankjubiläum) auf den hintersten Bügel des Kleiderschranks verbannt hatte. Ein weißes Hemd und meine handgenähten Lederschuhe werden schließlich das letzte Bild abrunden, das die wieder zusammengesetzten drei Teile Brunners von mir haben sollen.

Ich trete vor den Spiegel in der Diele und lege mir die neue Krawatte um den Hals. Bevor ich versuche, einen Windsor-Knoten hinzubekommen, denke ich an vorgestern. Als ich Yvonne nach Dienstschluss noch an der Haltestelle traf. Als keiner von uns beiden wusste, wo er hinsehen sollte. Gestrandet auf einer Verkehrsinsel. Als sie mir schließlich sagte, dass sie wegziehen werde, weil sie in München nichts mehr halte. Berlin wahrscheinlich. Auf jeden Fall noch in diesem Jahr. ›Damit Weihnachten nicht so weh tut.‹ Ein Angebot einer Partnerfiliale habe sie schon auf dem Tisch.

Ich muss daran denken, wie sie mit Erleichterung zur Kenntnis nahm, dass ihre Straßenbahn endlich kam, um sie von mir zu befreien. Wie sie dann einstieg und die Tram mit ihr wegfuhr, in die entgegengesetzte Richtung.

Ich betrachte mich im Spiegel. Der weiche Stoff der Krawatte legt sich um meinen Hals.

Dann binde ich langsam den Windsor und ziehe den Knoten fest.

Ich spüre noch wie damals den Druck der beiden Hände auf meinen Schultern. Der dunkelgelockte Pizza-Kellner hatte es sich nicht nehmen lassen, der Beerdigung seines Vorgängers beizuwohnen.

Meine Mutter stand in ihrem schwarzen Kostüm im Türrahmen und wartete, bis er mir die Krawatte gebunden hatte.

Er stand hinter mir und betrachtete sein Werk im Spiegel. Der anschließende sanfte Druck seiner Hände auf meinen Schultern ließ in mir den Verdacht aufkommen, er wolle sich mit dieser Geste womöglich als väterliche Ersatz-Option empfehlen. Spätestens mein Gesichtsausdruck im Spiegelbild muss ihn gleich wieder von diesem Gedanken abgebracht haben. Dann heuchelte er ein »Na, dann komm, kleiner trauriger Mann« zu mir herunter und schob mich Richtung Tür.

Ich spüre das leichte rhythmische Pochen meiner Halsschlagadern gegen den Stoff der Krawatte.

Vorsichtig lockere ich den Knoten und ziehe ihn nur so weit auf, dass ich meinen (dicken) Kopf aus der Schlinge ziehen kann. Dann gehe ich zurück in den Wohnraum und hänge die für Montag gebundene Anteilnahme in den Schrank.

26. August, Montag. 10.28 Uhr

Die Türglocke läutet.

Ich trete aus meiner Wohnungstür auf den Gang hinaus, ziehe die Tür hinter mir zu. Der Anzug spannt etwas am Bauch, ein Zeichen, dass ich kontinuierlich zunehme, dass es immer mehr von mir gibt. Jahr für Jahr ein bisschen mehr, obwohl ich mich Jahr für Jahr ein bisschen weniger fühle, fast als wollte ich dadurch zu erreichen versuchen, dass diese beiden Phänomene sich gegenseitig aufheben.

Ich steige die Stufen des Treppenhauses hinunter und kontrolliere dabei tastend den Knoten meiner Krawatte, obwohl ich weiß, dass er sitzt.

Als ich aus der Haustür komme, steht auf dem Bürgersteig Marlenes VW Polo. Der Motor läuft. Das Fenster auf der Fahrerseite ist heruntergekurbelt. Sie sitzt hinter dem Steuer, den Blick starr nach vorn gerichtet, der linke Ellenbogen ruht im offenen Fensterrahmen. Ich gehe wortlos um den Wagen herum, öffne die Beifahrertür und steige ein. Tür zu.

Marlene trägt einen schwarzen Anzug und auf dem Kopf etwas, das man nur als schwarze Haube bezeichnen kann. Unsere Blicke treffen sich kurz, dann legt sie wortlos den Gang ein und lenkt den Wagen auf die Straße.

Brunners Eltern wohnen auf dem Land. Und dorthin haben sie ihren Sohn zurückgeholt. Ein kleines Dorf an einer Senke. Holzhausen. Symmetrisch durchtrennt von einer Durchfahrtsstraße. Am Ortseingang müssen wir anhalten, weil eine Herde Kühe über die Straße getrieben wird.

Ich blicke aus dem Seitenfenster. Auf einer Wiese neben der Straße lässt ein dicker Junge ein Styropor-Flugzeug durch die Luft fliegen, das er mittels Fernbedienung steuert. Ich folge den Bahnen des Fliegers. Ein kleiner Doppeldecker.

Ein Mann sitzt etwas weiter entfernt auf einer Bank und beobachtet den Jungen. Wahrscheinlich der Vater. Er wirft einen Blick auf seine Armbanduhr. Schämt er sich für seinen Sohn, weil dieser so dick ist? Oder ist er stolz auf ihn, weil er das kleine Flugzeug so virtuos durch die Luft sausen lassen kann?

Der Vater telefoniert jetzt mit seinem Handy. Der Junge ruft ihm etwas zu, der Vater winkt ab. Sieht er vielleicht nur das Übergewicht des Jungen, die Probleme in der Schule, die vorwurfsvollen Blicke der anderen Eltern, die fragen, warum er es so weit mit seinem Sohn hat kommen lassen? Was sieht er in ihm? Und was nicht?

»Mist«, sagt Marlene und blickt auf ihre Armbanduhr. Die Karawane der Wiederkäuer schiebt sich in lückenloser Behäbigkeit von links nach rechts über die Straße, watet phlegmatisch durch die dampfenden Fladen des Vordermanns. Marlene flucht leise vor sich hin und trommelt mit den Fingern nervös auf das Lenkrad.

Ich wage es nicht, etwas zu sagen. Sie hat mich während der ganzen Fahrt noch nicht eines Blickes gewürdigt. Ich blicke aus dem Seitenfenster. Der Vater steht jetzt neben seinem Sohn. Er hält die Fernbedienung in der Hand, der Flieger saust über ihre Köpfe hinweg und der dicke Junge quietscht vor Vergnügen. Endlich bildet sich eine Lücke. Marlene legt den ersten Gang ein. Die ungeduldigen Räder des Polo drehen in der Kuhscheiße durch, und mindestens ein Rindvieh sieht den beiden eiligen Trauergästen hinterher.

Eine kleine Kapelle auf einem Hügel. Total überfüllt. Schwarze Spitze. Bauern. Es riecht nach Kuhdung und Milch, Mottenkugeln und Weihrauch. Ich stehe fast am Ausgang. Marlene hat sich nach vorne gekämpft und eine Kerze gespendet. Ich sehe nichts, höre aber den Dorfpfarrer murmeln. Dumpf wiederholt die Trauergemeinde die Worte, die vom Altar nach hinten dringen. Ein Säugling quengelt. Jemand schnäuzt sich die Nase. Eine Frau weint. Draußen tuckert ein Traktor lähmend langsam vorbei. Wenig später schieben uns die schiefen Orgeltöne wieder ins Freie.

Als ich an der Reihe bin, kondoliere ich vor der Kapelle den Eltern. Ich drücke die erschöpfte Hand von Brunners Mutter. Entspannt ist ihr Blick. Losgelassen, leer geweint. Verabschiedet. Der Vater hat den Verlust wohl noch nicht an sich herangelassen. Er nickt aufmunternd bei jedem Händeschütteln, ein tapferes Lächeln, als wäre er auf der gegenüberliegenden Seite der Schlange, als wäre es an ihm, Trost zu spenden. Seine trockene, feste Hand ist warm und beruhigend. Eine Schwester dann, mit feuchtem, dünnem Griff, und dann noch ein kleiner Bruder, der der Trauergemeinde trotzig den Handschlag verwehrt, nicht wissend, aber ahnend, dass etwas nicht mehr stimmt.

Die Hinterbliebenen haben sich um das Grab versammelt. Immer wenn die weißen Wölkchen die Sonne freigeben, heizt sich die dunkle Trauerkleidung auf. Marlene steht neben mir, greift nach meiner Hand.

Ich ziehe sie weg und spähe auf die Inschrift eines Grabsteins neben uns. *Im Kreuz ist Heil und Hoffnung auf ein Wiedersehen* glaubte ein Franz Huber, als er sieben Jahre vor seinem eigenen Dahinscheiden diesen Grabstein für seine Frau in Auftrag geben ließ. Daneben eine andere Inschrift:

1919-1992.

Wer bestimmt, wie viel Zeit jeder Mensch zugestanden bekommt?

Leben ist Tod – Tod ist Leben lese ich.

Die Predigt des Pfarrers ist zu Ende. Der alte Brunner weint jetzt. Lässt los. Endlich. Seine breiten Schultern werden von heftigen Schluchzern geschüttelt. Der kleine Sohn hält seine Hand und sieht ihn neugierig von unten an. Vermutlich hat er in dem Gesicht des Vaters noch nie Tränen gesehen, sind ihm die glucksenden Geräusche aus dessen Kehle ganz neu und fremd.

Da erspähe ich Yvonne und Daphne. Yvonne steht etwas abseits, während Daphne sich als trauernde Witwe in die zweite Reihe vorgeweint hat. Einer nach dem anderen tritt jetzt an das offene Grab heran und schüttet mit einer kleinen Schaufel Erde zwischen das Diesseits und Brunner. Unser Filialleiter kommt mir entgegen, gefolgt von Thannhuber. Sie nicken mir kurz im Vorbeigehen zu.

Yvonne. Direkt vor mir. Ganz in Schwarz. Den Kopf nach vorn geneigt, steht sie zwischen den Kränzen und Blumengestecken. Dann lässt sie eine Sonnenblume ins Grab fallen. Sie dreht sich um. Unsere Blicke treffen sich kurz, sie wischt sich die Tränen weg und geht an mir vorbei. Ich sehe ihr nach und schaue direkt in Marlenes Gesicht. Mit einer leichten Kinnbewegung gibt sie mir zu verstehen, dass es an mir ist, nach vorne zu treten.

Ich stehe am Rand des Grabes und blicke hinunter auf den hellen Holzsarg. Kleine Erdhäufchen darauf. Kleine letzte Grüße. Ein paar Blumen.

»Ist gut jetzt«, flüstere ich, »ist gut.« Ich nicke so vorsichtig, dass man es von hinten nicht erkennen kann. »Ich bin dir nicht mehr böse.« Dann schubse ich zwei Schäufelchen Erde zu den anderen Grüßen.

Auch auf dem Rückweg wechseln wir kein Wort. Eigentlich möchte ich Marlene zur Rede stellen. ›Du hast in meinem Tagebuch gelesen‹, möchte ich ihr sagen, aber dann verwerfe ich mein Vorhaben wieder, weil ich nicht weiß, was ich entgegnen würde, wenn sie ›Ja‹ sagt.

Stumm sitzen wir nebeneinander in ihrem Polo und fahren zurück in die Stadt. Jetzt erst fällt mir zum zweiten Mal auf, dass Marlene überhaupt nicht nach irgendwelchen Körperausdünstungen riecht. Nichts. Kein bisschen. Sie riecht … nach nichts.

Sie biegt in meine Straße ein und bringt den Wagen auf dem Bürgersteig vor meinem Haus zum Stehen. Sie dreht den Zündschlüssel im Schloss herum. Das Motorengeräusch erstirbt. Ein unmissverständliches Zeichen, dass jetzt noch Worte gewechselt werden sollen. Ich überlege, ob ich einfach aussteige, aber ich traue mich nicht. Einen quälend langen Moment sitzen wir so da, ohne ein Wort zu sagen. Ein Rentner mit Einkaufstüte geht an uns vorbei und schüttelt demonstrativ den Kopf, weil wir auf dem Bürgersteig parken. Marlene verfolgt den Rentner mit ihrem Blick im Rückspiegel.

»Wir beide haben ein Geheimnis«, sagt sie, und das klingt nicht konspirativ, sondern wie eine Feststellung.

Ich öffne den Sicherheitsgurt, der wahrscheinlich noch nie so weit herausgezogen worden ist, und lasse ihn nach der ungewohnten Strapaze langsam in seine Ruhestellung zurückrollen.

»… das kann uns keiner nehmen«, legt sie nach, »das schweißt uns doch zusammen, oder?« Von der Seite spüre ich ihren Blick. »… oder?«

Ich weiß nicht, wo ich hinsehen soll, weil ich ahne, dass sie jeden Gesichtsausdruck von mir als Einverständnis deuten würde, als linkischen Beweis meiner Zuneigung. Da entdecke ich einen Snoopy-Anhänger, der an ihrem Zündschlüssel baumelt. Meine Hand greift nach dem Türöffner.

»Wir haben doch sonst niemanden …« Ein Hauch von Panik schwingt auf einmal in ihrer Stimme mit.

Ich öffne die Tür und steige aus. Ein paar Sekunden stehe ich neben dem Wagen, den Türgriff in der Hand. Ohnmächtig. Dann drehe ich mich mit einer entschlossenen Bewegung zu ihr um. Marlene blickt mir erwartungsvoll in die Augen.

»Ich will nichts von dir«, stoße ich hervor.

Sie lächelt mich unbeirrt an. »Das kann sich doch noch ändern«, sagt sie, als hätte sie mit meiner Antwort schon gerechnet. »Wir haben doch so viel Zeit.«

Ich sehe sie an und schüttele langsam den Kopf, dann lasse ich die Wagentür ins Schloss fallen.

Marlenes Gesicht ist verschwunden, stattdessen erkenne ich jetzt mein eigenes Antlitz in der Reflexion der Seitenscheibe. Noch immer schüttele ich den Kopf. Sie startet den Motor und fährt vom Bürgersteig herunter. Der Wagen reiht sich in den Verkehr ein und fährt davon.

Das Männchen steht in seiner Trauerkleidung auf dem Trottoir und blickt dem Polo hinterher.

Ich beschließe, in den Zoo zu gehen. Jetzt gleich.

26. August, früher Nachmittag

Es wird bald Herbst jetzt. Die ersten Blätter werden sich einfach kräuseln und aufgeben. Andere nehmen den zyklischen Kampf auf und machen noch einmal durch gelbe oder blutrote Färbung auf sich aufmerksam.

Die Damagazellen am Eingang des Zoos werden durch welkes Laub waten, das sie eigentlich gar nicht kennen dürften. Sie werden, wie jedes Jahr, dieses Phänomen mit hin- und hermahlendem Unterkiefer übergehen. Die beiden beobachten mich, wie ich auf das Affenhaus zugehe.

Ich betrete das Gebäude und atme den vertrauten Geruch ein. Eine korpulente junge Frau, die sich (wahrscheinlich aufgrund ihrer Physiognomie) der Tierwelt zugewandt hat, steht einer Traube Senioren gegenüber und bringt ihre angelernten und persönlichen Erkenntnisse einer ebenso sexuell inaktiven Klientel nahe.

Ich passiere die andächtig lauschende Gruppe und gehe weiter. Die Eulenkopfmeerkatze und ihr Lebensgefährte liegen teilnahmslos auf einem Ast und folgen mir träge mit dem Blick, als ich auf den Glaskasten zugehe, der gegenüber dem ihren liegt. Ich blicke durch die Scheibe.

Der Käfig ist leer.

Ein unbenutzter, dreigeteilter Futtertrog. Die Kacheln am Boden sind blitzblank geputzt.

Auch die Schriftkarte ist herausgenommen worden. Der leere Halterahmen hängt neben der Scheibe an der Wand und wartet auf neue Aufgaben. Mein Blick wandert zurück zum Käfig.

Ich erkenne meine Reflexion in der Glasscheibe. Mir wird etwas schwindelig. Von hinten dringen die Worte der dicken Seniorenführerin zu mir hinüber. Ich drehe mich um. Das Eulenkopfmeerkatzenweibchen sieht mich halb interessiert an, kaut dabei auf einer Schale herum.

Weißt du, was mit eurem Nachbarn geschehen ist?

Sie blickt mich stumm an, ohne das Kauen zu unterbrechen. Ich spüre auf einmal einen Druck in der Kehle und wie mir die Tränen in die Augen steigen.

»Er ist weitergezogen«, sagt ihr Mann und streckt sich auf seinem Ast.

»Weitergezogen?«, frage ich. »Aber wohin denn?«

»Dorthin, wo er Ruhe hat. Und wir auch.«

»Das war ja auch kein Zustand mehr, dieses ewige Geschrei«, mischt sich jetzt seine Frau ein.

»Immerhin war es am Ende nur noch tagsüber, und nicht mehr nachts«, entgegnet ihr Mann.

Ich stehe da und nicke leicht mit dem Kopf, ohne zu wissen warum.

»Du willst wohl auch hier raus, was?«, fragt er.

Ich sehe ihn an, aber tue ihm nicht den Gefallen, etwas darauf zu antworten. Stattdessen bedanke ich mich – wie betäubt – für die Information und gehe.

Ich betrete mein Apartment und schiebe die Tür zu.

Ich gehe in den Wohnraum, lasse mich in meinen Sessel sinken.

Mein Blick ist geradeaus gerichtet, ich starre irgendwohin. Vielleicht auf den Fensterrahmen.

Lieber Vati,

bald hab ich es geschafft. Ich arbeite hart an meinem Glück. Ich habe mich dafür von dem Wunschgedanken verabschiedet, schön sein zu wollen. Oder wenigstens nicht unbedeutend. Das Haus der Schönheit liegt nicht in meinem Viertel. Der Bebauungsplan hat auch keine Bedeutung vorgesehen. Kein Grund also, noch länger zu suchen.

Ich spüre, dass sich die Sitzfläche des Sessels im Lauf der Jahre meiner Gesäßform angepasst hat. (Wenn man in meinem Fall von Form sprechen kann.)

Meine Arme ruhen auf den beiden Armlehnen. Die Handflächen liegen flach auf dem vorderen Teil der Lehne an der Kante, leicht abgeknickt. Die Fingerspitzen zeigen nach unten. Ich sehe nicht hin, aber ich weiß, dass die Knöchel auf meinen beiden Handrücken nicht zu erkennen sind. Kleine Mulden haben sich dort im Laufe meiner Gewichtszunahme gebildet, um beharrlich anzudeuten, wo sich die Fingergelenke befinden.

Meine Ellenbogen drücken leicht in die Armlehnen. Die beiden Armbeugen sind wie immer etwas feucht.

Ich lausche meinem Atem. Er geht auch jetzt, da ich ruhig sitze, zu schnell, muss er doch jede Menge Sauerstoff durch diesen Körper transportieren. Bei jedem Einatmen berühren meine beiden Flanken den inneren Teil der Armlehnen.

Meine Beine fühlen sich schwer an. Ich spüre, wie die Hose über der Haut spannt. Ein leises Brennen an der Innenseite der Oberschenkel – ich habe sie seit Tagen nicht mehr eingecremt, diese beiden wunden Stellen, aufgerieben durch ständigen Kontakt beim Gehen.

Die geschwollenen Füße stecken in ihren kreppbesohlten Schuhen. Ein leichter Druck. Ich konzentriere mich so lange darauf, bis ich ihn nicht mehr spüre.

In den zwei Falten meines Doppelkinns wird es auch langsam feucht. Wenn ich den Kopf etwas anheben würde, könnte ich diese beiden Stellen belüften.

Um die Fettmasse unter meinem Kinn in eine Form zu bringen, hat sich mein Körper hier irgendwann für zwei Unterbrechungen entschieden: Die erste – kürzere – Falte unterbricht das erste Drittel der überschüssigen Masse, die zweite – längere – Falte ist kurz vor dem Hals entstanden, so nah, dass hier (eigentlich permanent) Haut auf Haut liegt. Ich spüre das Gewicht der beiden Doppelkinnsegmente, wie sie an meinem Unterkiefer ziehen.

Ich öffne leicht den Mund, eine kleine Konzession an die Erdanziehung. Mein Atem ist jetzt ruhiger, flacher … meine Arme sinken in die Lehnen, die Handflächen spüre ich fast nicht mehr.

Meine Fingerspitzen werden schwer, immer schwerer, sie sind warm und weich. Meine Beine sind eine träge, schwimmende Masse. Nichts mehr scheint sie in Form zu halten, keine Knochen, keine Haut. Ich fühle mich nicht mehr. Mein leerer Blick hängt irgendwo am Fenster. Auch die Schaltzentrale scheint verlassen. Nicht einmal die Lider werden aufgefordert, die Oberfläche meines Augapfels durch flinkes Auf und Ab zu befeuchten.

Meine Füße lösen sich langsam auf, werden flüssig und quellen aus den Schuhen hervor. Meine Fingerspitzen tropfen auf den Boden, und dann beginnt mein Rumpf langsam im Sessel zu versinken. Das Doppelkinn gleitet auf meinen Bauch, der Kopf rutscht hinterher, verschmilzt mit ihm. Dann bin ich ganz im Sessel versunken.

Meine Haare bleiben auf der Sitzfläche liegen. Ein rötlichgrünes Toupet.

Im Hinabsinken betrachte ich die Polsterung des Sessels von innen. Schaumstoff und Rosshaar und dann die Sprungfedern. Eine Kontrollnummer, die eine fleißige Arbeitskraft irgendwann in den Rahmen geklebt hat.

Dann bin ich auf dem Boden angelangt.

Durch den Schlitz unter dem Sessel dringt Licht zu mir herein. Ich sehe ein paar Staubflocken und dahinter im Hellen meine beiden Schuhe. Im Vordergrund liegt ein Kartoffelchip, rötlich-braun. Paprika oder Ungarisch. Irgendwo in der Polsterung höre ich meinen Magen knurren.

Plötzlich erscheinen zwei Schuhe, von denen ich durch den schmalen Schlitz aber nur die Sohlen erkennen kann, sie bleiben vor dem Sessel stehen. Dann höre ich jemanden meinen Namen rufen. Die Stimme meines Vaters.

Ich beschließe, mich in meinem Versteck nicht zu erkennen zu geben, und horche. Wieder höre ich ihn meinen Namen rufen.

Dann fragt er: »Kommst du?«

Ich gebe keine Antwort.

Ich bleibe so lange im Sessel, bis seine Schuhe verschwunden sind. Dann krieche ich durch den schmalen, hellen Spalt ins Freie und richte mich auf.

Die beiden Tauben sitzen auf dem Fensterbrett. Sie sehen mich an. Den kurzen Fluchtgedanken – den ein unmerkliches Zucken ihrer Köpfchen verrät – verwerfen sie gleich wieder einvernehmlich und wenden sich ab, wohl wissend, dass von dem Männchen hinter der Scheibe keine Gefahr ausgeht.

Das ungefährliche Männchen zieht die Tür seines Apartments zu und steigt ein letztes Mal die Stufen des Treppenhauses hinunter.

Der grüne Fleck auf der oberen Stufe, der Sprung, etwas weiter unten, die Insel Sylt auf dem Kopf.

Es wirft seinen Schlüssel in den Briefkasten des Hausmeisters, geht an dem Kinderwagen vorbei, ohne sich darüber aufzuregen, öffnet die Eingangstür und tritt hinaus ins Freie. Der Verkehr fließt vor dem Gebäude vorbei. Draußen ist es etwas wärmer als im Haus. Die Sonne spiegelt sich in den Autos.

Die Fußgängerampel zeigt auf »Grün« und das Männchen überquert die Straße. Sein Gang ist leicht, fast beschwingt. Es muss sich zurückhalten, um nicht in kindlicher Euphorie über den Bürgersteig zu tänzeln.

So einfach geht das. So leicht. Ich bin überrascht!

Schnell habe ich die Brücke überquert und gehe nun am Uferweg der Isar entlang. Ein paar Inlineskater kommen auf mich zu und zischen an mir vorbei. Ich sehe ihnen nach und stelle mir vor, wie ein Lächeln über mein Gesicht huscht.

Schon stehe ich vor dem Portal meiner Kirche.

Die vier Engel über dem Eingang haben die Weltkugel fest im Griff, als gelte es, sie zu beschützen. Ich frage mich, was das Quartett symbolisieren soll. Die vier Jahreszeiten? Die Himmelsrichtungen? Den Advent?

Da ich keine Antwort bekomme, lasse ich das Portal hinter mir und gehe an dem Baugerüst entlang, das die Kirche umhüllt. Grabsteine, deren Trauerinschriften zu Daten verwittert sind. Um die nächste Ecke noch, dann finde ich eine Bauleiter.

Ich setze meinen linken handgenähten Schuh auf die erste Sprosse und ergreife mit beiden Händen den Handlauf. Dann beginne ich mit dem Aufstieg. Flink habe ich die erste Bretter-Etage erreicht, da entdecke ich schon die nächste Leiter. Irgendwann zwischen der sechsten und siebten Etage höre ich weit über mir einen Pressluftbohrer, und von der Straße ertönt das ungeduldige Klingeln einer Straßenbahn.

Etwas außer Atem bleibe ich kurz stehen, um Luft zu bekommen. Durch die unebenen Butzenscheiben kann ich schemenhaft im Kirchenschiff den Altar erkennen. Ein paar Kerzenlichter flackern daneben. »Hey!«, schreit plötzlich jemand, »mach, dass du da runterkommst!« Jetzt erst fällt mir auf, dass das Geräusch des Pressluftbohrers verstummt ist. Meine kurze Verschnaufpause ist damit vorzeitig beendet.

Ich laufe an den Brettern des Gerüsts entlang, bis ich den nächsten Aufstieg finde, und klettere hastig die Sprossen hinauf. Ein flüchtiger Blick nach oben. Der rechte Kirchturm ist direkt über mir. Ich erreiche wieder die nächste Leiter. Mein Herz pocht wie wild, werden ihm hier doch ungeahnte Strapazen zugemutet.

Die Schaltzentrale jedoch reagiert nicht auf alle körperlichen Einwände, im Gegenteil, sie stößt Ladungen von

Adrenalin aus, um Protesttendenzen vorzeitig in Kampfeslust umzuwandeln. Der Knecht indes wähnt sich – hinreichend sediert – auf einmal (und endlich) seinen Vorfahren näher als sich selbst und hangelt sich plötzlich mit der Eleganz eines entfernten Verwandten aus Madagaskar an dem Klettergerüst empor.

Die Schreie des Bauarbeiters hört er nicht mehr, zu nah ist jetzt das Ziel. Er ergreift eine Eisenstange nach der anderen, immer aufwärts, immer aufwärts. Er sieht das riesige, goldene Ziffernblatt seiner Kirchturmuhr nicht neben sich, nicht deren Minutenzeiger, der vom Uhrwerk der vollen Stunde entgegengeschoben wird. Nur noch wenige Etagen, gleich hat er es geschafft. Sein Puls rast, er reißt sich die Jacke vom Leib und wirft sie weg, sie segelt an dem Baugerüst in die Tiefe hinunter.

Dann steht er oben auf der Plattform. Erschöpft. Das Herz prügelt das Blut durch seinen Körper.

In der Schaltzentrale geht währenddessen alles drunter und drüber: Durch die explosionsartig verabreichte Überdosis Sauerstoff herrschen hier rauschhafte Zustände, die vom Knecht nun durch ein unkontrolliertes Juchzen vermittelt werden sollen. Dann wird ihm von oben nahegelegt, sich ein bis zwei Mal um sich selbst zu drehen, um dadurch geistige Entfesselung körperlich zum Ausdruck zu bringen.

Der Knecht dreht sich auf der Plattform des Baugerüsts, die Arme weit vom Körper gestreckt.

Von irgendwoher höre ich jemanden rufen. Ich beende meine Drehungen und bleibe stehen. Mir ist etwas schwindelig. Ich versuche mich zu orientieren, da höre ich das Rufen wieder. Ich trete an die Querstange, die als Geländer dienen soll, und sehe in die Richtung, aus der das Rufen kam. Ein Bauarbeiter mit gelbem Helm steht auf der Gerüstplattform des linken Kirchturms und sieht mit vor Wut gerötetem Gesicht zu mir herüber.

Ein leichter Wind weht hier oben, eine kühlende Brise, die um meinen schweißnassen Körper streicht, und vermutlich um seinen roten Kopf.

Der Arbeiter öffnet den Mund und schreit etwas, das ich nicht verstehe. Ich bücke mich und schlüpfe unter dem Behelfsgeländer hindurch, dann richte ich mich vorsichtig auf und lehne mich mit dem Rücken an die Querstange.

Mit beiden Händen halte ich mich seitlich fest. Ich stehe jetzt am äußersten Rand der Holzplattform.

Da vom Nachbarturm nichts mehr zu hören ist, lasse ich meinen Blick noch mal nach links gleiten. Der Bauarbeiter telefoniert mit seinem Handy und hat dazu den Helm abgenommen. Er wirkt sehr aufgeregt, gestikuliert dazu wie wild mit der freien Hand herum. Er sieht zu mir herüber und unsere Blicke treffen sich. Er verstummt für einen Moment. Wie ertappt. Da lockere ich den Griff meiner beiden Hände und löse sie vom Geländer.

Ich stehe jetzt völlig frei, lediglich an die Querstange hinter mir gelehnt. Der Bauarbeiter hat das Telefongespräch wieder aufgenommen, scheint aber jetzt leiser zu sprechen, gedämpft. Das Zischen einiger Konsonanten wird vom Wind zu mir herübergetragen.

Ich blicke nach unten auf die Krone einer riesigen Kastanie. Schon sind ihre unfertigen Früchte zu erkennen, die wie stachelige Trauben an den Ästen hängen und auf ihren Einsatz im Herbst warten. Irgendwann, wenn es der Baum für den richtigen Zeitpunkt hält, wird er sie fallen lassen.

Der Friedhof liegt direkt unter mir. Lauter kleine Rechtecke. Auf einigen sind Blumen zu erkennen, rote, gelbe, viel Violett und Weiß. Kleine Gärten der Erinnerung. Andere Gräber sind grau und braun. Vergessen.

Die Spitzen meiner handgenähten Schuhe kann ich nicht sehen, aber ich bin sicher, dass das Oberleder durch den Aufstieg in Mitleidenschaft gezogen wurde. Wenn die Kratzer nicht zu tief sind, kann man sie mit Schuhcreme unsichtbar machen.

Aus der Ferne höre ich jetzt die Sirene eines herannahenden Einsatzwagens. Ich blicke zum Nachbarturm. Der Bauarbeiter ist verschwunden. Seinen gelben Helm hat er auf der Plattform zurückgelassen. Im Hintergrund blinkt die Isar durch die Bäume hindurch zu mir herauf.

Es ist ganz leise jetzt. Nur der Wind, der sich in meiner Ohrmuschel fängt. Meine Haare lassen sich (dank des Gels) nicht aus der Fassung bringen. Der strahlend blaue Himmel über mir bekommt Besuch von ein paar weißen Wolken, langsam ziehen sie über die Stadt hinweg.

Dann ertönt das Martinshorn wieder. Direkt unter mir auf der Straße. Ein Polizeiwagen kommt neben der Friedhofsmauer zum Stehen. Unmittelbar danach hält der Notarzt. Zwei Polizeibeamte springen aus dem Wagen und blicken an den beiden Kirchtürmen hoch, bis sie mich entdecken. Einer der Beamten zeigt mit dem Finger in meine Richtung. Eine weitere Streife kommt angefahren. Und dann die Feuerwehr. Die Straße wird abgesperrt. Autos hupen.

Da entdecke ich eine junge Frau, die sich aus der Gruppe der Einsatzkräfte gelöst hat und zu mir nach oben sieht.

Sie hält sich eine Hand über die Augen, um mich gegen den hellen Himmel besser erkennen zu können. Braune kurze Haare. Das ist Yvonne!

Einen Moment lang bin ich überzeugt, dass wir uns in die Augen sehen.

Überwältigt von ihrer Anteilnahme winke ich ihr vorsichtig mit der rechten Hand zu. Sie winkt zurück, dann legt sie ihre beiden Hände um den Mund und ruft etwas zu mir herauf, das ich nicht hören kann. Ich zucke mit den Schultern, eine überflüssige Geste, die ich mir hätte sparen können.

Yvonne.

Zu spät jetzt.

Mein Liebling.

Interesse meiner Mitmenschen an meiner Person kommt scheinbar immer erst dann auf, wenn ich mich ihnen entziehe. Dann fehlt ihnen plötzlich etwas. Die Polsterung vielleicht. Die man immer gern neben sich weiß, die man aber nie beachtet. Der Vergleich, der einem regelmäßig bestätigt, dass man es besser hat. Ich bin der optische Gegensatz, den die Schönheit braucht, um sich an ihm zu messen.

Ein Polizist bringt Yvonne jetzt ein Megaphon. Sie wechseln ein paar Worte. Wahrscheinlich versucht er ihr zu erklären, wie das Gerät funktioniert. Sie nimmt es in beide Hände und hält es in meine Richtung.

Das schrille Quietschen einer Rückkopplung dringt zu mir nach oben, der Beamte assistiert ihr kurz, dann versucht sie es noch einmal.

»Tu das nicht!!«, ruft jetzt die verstärkte Stimme, die so fremd vertraut klingt. »Ich bin hier!! Ich bin doch da!!«

»Ja«, sage ich leise.

Dann lege ich den Kopf in den Nacken, so weit nach hinten, bis ich direkt über mir eine Engelsbüste erkenne, eine von jeweils vier Putten, die die beiden Türme an ihren Traufen schmücken. Der Engel blickt zu mir herab, eine Hand unter das Kinn gestemmt. Als erwarte er von mir allmählich eine Entscheidung.

Dann nehme ich auf einmal ein leichtes Vibrieren der Plattform wahr. Es kommt von weiter unten. Jemand steigt das Gerüst hinauf. Ich blicke wieder hinunter auf die Straße. Mittlerweile hat sich hinter einem rot-weißen Absperrband eine kleine Menschentraube gebildet, Autofahrer steigen aus und zeigen zu mir nach oben.

Yvonne ist verschwunden. Ich versuche sie zwischen den Beamten auszumachen, die alle Dienstmützen tragen. Ich kann sie nicht mehr sehen.

Ich spüre den leichten Druck des Geländers in meinem Rücken. Meine Arme hängen locker neben meinem Körper. Die Vibration auf dem Baugerüst wird immer stärker, jemand nähert sich von unten meiner Plattform. Leise Stimmen. Eine männliche zuerst, ruhig, um Souveränität bemüht. Und dann eine weibliche Stimme. Zart und ängstlich. Die Stimme meiner Bankkollegin Yvonne. Gleich ist sie bei mir. Gleich hat mich das Unerreichbare erreicht.

Dann höre ich auf einmal ein leises mechanisches Geräusch. Metall auf Metall. Rhythmisch reibend. Zahnrad auf Zahnrad, gefolgt von einem kurzen, harten Klacken. Dann saust der Hammer auf die Kirchturmglocke. Unmittelbar hinter mir. Der ohrenbetäubende Schlag lähmt alles um mich herum. Ein mächtiges Kribbeln durchzieht jeden Winkel meines Körpers. Ich schwinge im Klang der riesigen Glocke mit. Und schon folgt der nächste Schlag. Ich halte die Luft an. Die Lautstärke raubt mir den Atem. Ich schließe die Augen. Ein Windhauch bläst mir ins Gesicht. Ganz warm.

Ich komme, Vati.

Beim vierten Schlag der Kirchturmuhr breite ich meine Arme aus, dann mache ich eine kleine Bewegung nach vorn, schiebe mich mit dem Rücken vom Geländer weg. Ganz sanft.

Der letzte Klang der Glocke schwingt in der Luft.

Mein ungeliebter Körper gleitet nach vorn. Ich halte die Augen geschlossen.

Hinter mir höre ich jetzt Yvonnes Stimme, ganz nah, atemlos, dann ein leiser Schrei, fast gehaucht. Meine handgenähten Schuhe lösen sich von der Kante des Baugerüsts. Einen Moment lang bin ich schwerelos.

Ich schwebe.

Mein Hemd flattert gegen meinen Rücken. Auf einmal ist alles so leise. Und leicht. Die Schaltzentrale scheint ihre aktive Arbeit eingestellt zu haben. Der Körper hat den letzten Befehl von oben pflichtbewusst entgegengenommen. Man ist sich jetzt einig.

Endlich. Unendlich.

Etwas streift mich am Kopf. Vielleicht die Blätter der Kastanie.

Ich habe es geschafft, Vati. Ich habe es geschafft!

26. August, 16.00 Uhr

Die Glocke der Kirchturmuhr in der Ferne hat gerade ihren vierten Schlag getan.

Ich schiebe die Kappe auf den Füllfederhalter und stecke ihn ein.

Ich klappe das Tagebuch zu und lasse einen Moment lang meine rechte Hand darauf ruhen.

Dann stehe ich auf und rücke den Stuhl an den Tisch. Ich ziehe meine Trauerkleidung aus und etwas Bequemes an. Dann hole ich den Koffer vom Schrank herunter und beginne in aller Ruhe zu packen.

Ich ziehe mein Bett ab und bringe den Müll weg. Zuletzt nehme ich mein Tagebuch, lege es zuoberst in den Koffer und verschließe ihn.

Ich ziehe die Tür hinter mir zu und gehe die Stufen des Treppenhauses hinunter.

Der Verkehr fließt vor dem Gebäude vorbei. Draußen ist es etwas wärmer als im Haus. Die Sonne spiegelt sich in den Autos …

27. August, früher Abend

Ich setze mich auf einen Fensterplatz.

In Fahrtrichtung.

Mal sehen, was kommt.

Ich habe das Abteil für mich allein. Die Lautsprecherdurchsage verkündet die baldige Abfahrt meines Zuges. Ich sehe aus dem Fenster.

Der Bahnsteig ist ziemlich leer. Eine ältere Frau läuft am Fenster vorbei. Ein noch älterer Mann folgt ihr atemlos.

Ich blicke auf die Uhr über den Gleisen. Der Sekundenzeiger hat die Zwölf erreicht. Widerwillig ruckelt der Minutenzeiger auf den nächsten Strich. Für ihn belanglos. Routine. Für den Fahrplan jedoch von nicht unerheblicher Bedeutung, ist es doch sein Lebensinhalt, pünktlich befolgt zu werden.

Mein Blick wandert weiter, zu den Reklametafeln ... da entdecke ich ihn.

Der Vari sitzt auf dem Bahnsteig, neben einem Gepäckwagen. Und sieht zu mir herüber. Seine kleine weiße Halskrause verleiht ihm etwas Würdevolles, Entschlossenes.

Bevor ich auf diese Begegnung irgendwie reagieren kann, indem ich aufstehe und das Fenster herunter schiebe, oder aussteige, oder schreie (tagsüber), höre ich schon den Pfiff des Schaffners und unmittelbar danach das Zischen der Türen.

Ich springe auf, trete ganz nah an das Fenster heran.

In dem Moment, in dem meine Nase die Scheibe berührt, setzt sich der Zug in Bewegung. Der Vari spitzt die Ohren, richtet sich auf, setzt sich kurz auf die Hinterläufe, dann beginnt er, neben dem Zug herzulaufen. Erst langsam, dann immer schneller.

Die Räder rattern unter mir auf den Gleisen, der Vari beschleunigt sein Tempo. Passanten, Gepäckwagen, Anzeigetafeln ziehen immer schneller vorbei. Der Zug verlässt den Bahnhof. Der Vari hält mit. Irgendwann ist der Bahnsteig zu Ende, und mein kleiner Freund macht einen Riesensatz und läuft nun neben den Gleisen weiter. Sein Laufschritt verändert sich jetzt, er macht Sprünge, große Sprünge, um mit dem Zug mithalten zu können. Ich trete etwas nach links, um den kleinen Artgenossen aus der Familie der Lemuren nicht aus den Augen zu verlieren. Sein schwarzer Schweif ist nach jedem Absprung steil in die Höhe gerichtet, um die Balance zu halten oder um Siegesgewissheit zu vermitteln. Keine Frage, er wird das Rennen machen. Signale und Trafohäuschen fliegen vorbei. Ich trete einen weiteren kleinen Schritt nach links. Allmählich schiebt sich der Zug nach vorn, geht in Führung. Der Vari gibt alles, springt in Riesensätzen neben der Eisenbahn her, bis der Abstand immer größer wird.

Ich drücke mich an den äußersten linken Rand des Fensters.

Da hinten läuft er.

Ein kleiner, springender schwarz-weißer Tupfer nur noch, dann ist er weg.

Ich stehe wankend im Abteil.

Die Häuser meiner Stadt ziehen an mir vorbei.

Auf der Scheibe zähle ich sieben fettige Abdrücke meiner Nase.

Dann fängt das dicke Männchen in seinem Abteil der zweiten Klasse ganz bitterlich an zu weinen.

Laut.
Hemmungslos.

Ein Fahrgast öffnet das Abteil, einen riesigen Koffer im Schlepptau. Als er das verheulte Männchen erblickt, schiebt er schnell die Tür wieder zu und sucht weiter.

Der Zug hat die Stadt verlassen. Die Industrieviertel sausen vorbei, dann die Vororte und dann Waldstücke und Wiesen.

Draußen beginnt es allmählich zu dämmern. Ich entdecke mein Gesicht in der Scheibe.

Auf einem vorbeiziehenden Feld fährt ein Traktor. Vielleicht nach Hause. Die Arbeit ist getan. Dutzende in Kunststoffplanen gerollte Heuballen liegen verteilt auf dem riesigen, gemähten Feld. Wie ein modernes Kunstwerk.

Ich bin müde.

Das regelmäßige Tackern der Räder des Zuges dringt gedämpft zu mir nach oben und versucht mich langsam einzuschläfern.

Die Tür meines Abteils wird aufgeschoben. Ich sehe nicht auf, lasse die Felder und Wiesen weiter an mir vorbeigleiten.

Ich höre, wie ein Fahrgast nun das Abteil betritt, die Tür zuschiebt und einen Koffer ins Gepäckfach wuchtet. Egal. Ich blicke schläfrig in den Abend hinaus. Ab und zu zieht ein Haus vorbei, dann ein Bauernhof. Die Lichter hinter den Fenstern sind schon eingeschaltet worden. Abendessen. Ein bisschen Fernsehen noch, vielleicht. Dann ins Bett.

Ein wohliges Gefühl überkommt mich. Und Sehnsucht. Ein vertrautes Gefühl von Geborgenheit und Wärme streift mich leise. Wie ein Duft. Ein Duft, der lange Zeit Unerreichbarkeit für mich bedeutet hat.

Der Duft von *Shalimar*.

Ich öffne meine Augen und erblicke mein Gesicht in der Scheibe.

Die Reisende muss mir gegenüber am Fenster Platz genommen haben, ich spüre ihre Silhouette im Augenwinkel. Ich sehe nicht hinüber, um einen direkten Blickkontakt zu vermeiden, aber an ihrer Haltung kann ich erkennen, dass sie ebenfalls aus dem Fenster sieht.

Hinter dem Glas zieht die abendliche Landschaft an uns vorbei.

Langsam lasse ich meinen Blick nach links gleiten, bis ich in der Reflexion der Scheibe das Gesicht meines Gegenübers finde.

Marlene sieht aus dem Fenster.

Und mich an.

Dieses »Tagebuch« fand seinen Anfang über dem Wörthersee, in der Leopardensuite des Bordells *Babylon*, wo ich bei Dreharbeiten zu Gast war. Der Großteil jedoch entstand in der Hotelbar des *Savoy* in Berlin, im nahe gelegenen Restaurant *Mao Thai*, in den Münchner Lokalen *Toshi* und *Tokami*, sowie im *Hawelka* in Wien. Hiermit möchte ich mich bei allen Kellnern und Kellnerinnen bedanken, die mir an längeren Abenden eine zweite Kerze auf den Tisch stellten, damit ich mir beim Schreiben nicht die Augen verdarb.

Mein Dank gilt außerdem all den Personen, die mich bei der Entstehung von »Lebenslänglich« ermutigt und unterstützt haben: meiner gesamten Familie, Frank Röth, Susanne Aeckerle, Udo Walz, Lambert Monet, Francis C. Winter, Helen Kurbjeweit-Rose, meiner Agentin Karin Graf, meiner Lektorin Eva-Marie von Hippel, und ganz besonders … Klaus Kessel.